戦地から帰ってきたタカシ君。普通に高校生活を送りたい 1

安い芸

PASH!文庫

Contents

Senchi kara kaettekita Takashikun.
Futsuuni koukouseikatsu wo okuritai
Presented by Yasuigei

01

プロローグ

今から三年前、世界中で戦争が始まった。

場所を問わず始まった戦争は、宇宙人の侵略によるものだった。

B級映画ではよく見るシチュエーションも、実際に現実で起きると、マジで笑えない。

言葉に出来ないような凄惨な日々が続き、日常が悪夢へと変わる。

何故《なぜ》、地球が狙われたのか、敵の目的はなんだったのか、俺にはその理由が分からない。

情報は末端の俺達にまで届かなかったし、そもそも理由を聞こうとすらしなかった。

どうせ、仲間が、死んで、死んで、死にまくって、宇宙人を、殺して、殺して、ぶっ殺すだけの毎日。

それなら何も考えずにぶっ殺したい。それが頭の悪い俺達、兵士達の総意だった。

まぁ、なんやかんや色々あったけど、軍は宇宙人を全てぶっ殺すことに成功し、俺は本日をもって退役する運びとなった。

中学入学と同時に、兵として召集されて三年。思い返せば、あっという間。

感慨深くなんてないけど、それでも胸に来るものはある。

日本に帰ったら、また学校に通いたいな。

幸いなことに、日本は戦地にならなかったそうだから、復興する必要もなく日常へ戻れるって聞いているけど……一つ懸念《けねん》がある。

俺、この三年間、戦争しかやってないんだよね。

学力めっちゃ落ちてるぞ？　問題なく高校に編入出来るのか？

色々考え、不安になって溜息《ためいき》を吐《つ》いていると、不意に背中を叩《たた》かれた。

「ヘーイ！　タッカスィはこれからどうすんのぉ～？」

鈴を転がすような少女の声。

振り向くと、腰まである長い金髪を二つに結び、大きな金色の猫目を楽しそうに揺らすナタリーが笑顔で立っていた。

子猫のように人懐《ひとなつ》っこく笑う彼女とは、この軍に入ってからの戦友だ。

数少ない同年代ってことと、彼女が日本語を話せることから、休戦中はシェリーと三人で、よくバカやってた。

割と可愛《かわい》い顔して笑っているが、コイツはこれで結構エゲツない。

ナタリーの戦闘を何度も見たことあるが、敵のことが気の毒になるくらい、グッチャグチャに殺していたからな。

最終的にナタリーの姿を確認した敵が、一目散に逃げ始めるようになったくらいだ。どんだけだよ。

「故郷に帰るつもりだよ。ナタリーは？」

「それが聞いてよぉ～。アタシの故郷って消滅しちゃってるから、他に行く宛がないんだよねぇ。可哀想《かわいそう》じゃない？　アタシって可哀想だよねぇ～？」

わざとらしく、チラチラこちらを見るナタリー。コイツがこういう顔をしている時は、大抵ろくなことを言わない。

「…………何が言いたいんだよ」

「へっへっへ。だからさぁ、アタシも日本に連れてってもらおうと思ってぇ～。一緒に暮らそうぜぇ～」

上目遣いをしながら、ネットリとした笑顔を向けられる。中身を知っているからか、こんな仕草をされても全然可愛いとは思えない。

「お前さっき、ポートマンに誘われてたじゃん。あっちに行かなくていいのか？　アイツ、めっちゃ金持ってるじゃん」

「そんな寂しいこと言うなよぉ～。アタシはタカスィみたいな、強い男と一緒に居たいんだよぉ～」

「強いねぇ……」

俺はお前より、間違いなく弱いと思うけど。強い男を求めるなら、ゴリラがいいんじゃないか？　良い動物園紹介するぞ。

そんな悪態を呑み込みつつ、しゃーねぇなぁ……と呟《つぶや》く。

「ナタリーに頼まれたら断れないじゃん……お前には、何度も助けられてるし……」

「だろぉ～。命の恩人には優しくしろよぉ～」

「先に言っとくけど、生活費は折半だからな。ちゃんと払えよ」

「もっちろん！　うへへ～。これから楽しみだなぁ～」

うひゃひゃ、と喜びの舞を踊るナタリー。

お前、戦争が終わった時ですら、そんな喜んでなかっただろ。

そんな彼女を横目に見つつ、今後のことを考える。

「まずは故郷に戻って……実家に帰らないとなぁ……死んでるって思われてなきゃいいけど……」

1. 戦地から帰りたいタカシ君。普通に退役させてほしい

1

宿舎に戻り、荷物をまとめていたら、ちょっと不安になってきた。

本当にこのまま、帰ってしまって大丈夫なんだろうか？

これでも徴兵されてここへ来たのだ。下手に帰って、戦地から逃げ出したとか思われても困る。

敵前逃亡は死罪とか言われてきたし。

かと言って、退役の手続きなんていうモノはあるのだろうか？

一般的に兵役は、軍と兵士との間で契約を行い、その契約期間が満了して、初めて退役出来ると聞いている。契約期間中の退役は、傷病で動けなくなるとかじゃないと無理だった筈《はず》だ。

それくらい軍と交わす契約は重い。大きな理由がない限り、簡単には退役出来ないのだ。

まぁ、俺は志願兵じゃなく、徴兵って形でココに来たから、その辺は免除されてるとは

思うんだけど……実際のところ、よく分かんねぇんだよなぁ……。

毎日、毎日、生き残ることに必死になりすぎて、終わったあとのことなんて聞く余裕も、考える余裕もなかったし。

どうしたもんかねぇ。

既に荷造りを終えて、隣でコロコロと寝っ転がっているナタリーに聞いてみる。

「なぁナタリー。俺がこのまま何も言わずに帰ったら、問題になると思う？」

「ん～……騒ぎにはなると思うよぉ～。みんな血眼でタカスィを捜すだろうねぇ～」

「ですよねぇ……」

「でもさぁ～、別に気にしなくていいんじゃないのぉ？　勝手に帰ってるヤツなんて山ほどいるんだしぃ～」

「いや、ダメだろ……」

適当だな、おい。

みんな、適当すぎるだろ。

「やっぱ、総監には辞めるって言っておいたほうがいいのかなぁ」

「アタシ的にはあんまりオススメしないけどねぇ。総監のことだから、タカスィが辞めるって言ったら全力で止めに入ると思うしぃ～」

「まぁ……総監にも立場があるから、止めるのは仕方ないと思うけど……どうにか説得して辞めさせてもらおうぜ」

総監も、なんだかんだ言って悪い人じゃないから、頼み込めば退役させてくれるでしょ。戦争も終わってるワケだし。たぶん。

「まぁ〜、あんまりごちゃごちゃ抜かすなら、アタシがタカスィの代わりに説得してやんよぉ〜。こう見えて、説得すんのは得意なんだぁ〜」

「やめーや。お前の説得って肉体言語だろーが。そういうことばっかやってるから、みんなにビビられるんだよ」

「うふふ〜。タカスィはアタシのことよく分かってるねぇ〜。だから好きぃ〜」

ニタニタ笑いながら、首筋に抱きついてくるナタリー。

隙あらばベタベタ触ってくる。人肌に飢えすぎだろコイツ。

「それより、総監の所にさっさと行こうぜ。いつまでもココで喋《しゃべ》ってても仕方ねぇし」

「どうせならさぁ、退役のお手紙を作ってみなぁ〜い？　どうせならさぁ〜」

「退役のお手紙？　何それ？」

「辞表みたいなヤツだよぉ。よく分かんないけどぉ、何かを辞める時って、そういうのを書いたほうがいいって、シェリーに言われたことがあるんだよねぇ〜」

「ふーん……」

要は、辞めますっていう意志をまとめた、退役願を作るってことか。

確かに、手ぶらで司令室に向かうより、いいかもしれないな。想《おも》いを文字にされるのは、受け取る側も嬉《うれ》しいだろうし。

ナタリーにしては良い案だ。

「いいじゃん。大した手間じゃないし、その手紙ってヤツを作ろっか」

「いぇ～い！　それじゃあ必要な物を買いに、売店へGOだぁ～！」

二つ結びの長い金髪をなびかせて、ナタリーが嬉しそうに走り出す。

俺も遅れないように、彼女のあとを追いかけた。

2

「んふふ～。このラブリーな封筒とぉ、このプリティーな便箋にしよっかなぁ。あ、この筆ペンも可愛いねぇ～」

「ち、ちょい待てナタリー……値札見てみろ……この便箋だけで三百ドルもするぞ……」

「え？　あ……ま～た値上げしてんねぇ……」

「いくらなんでも高すぎじゃねぇか？　平時の百倍くらい高騰してんじゃん……」

売店に到着した俺達は、あまりのボッタクリ価格に驚愕《きょうがく》していた。

いくらここが最前線だからって、この金額は足元見すぎだろ。たかが便箋に三百ドルって、いくらなんでも無茶苦茶すぎる。

「なぁ……もっと安い紙はないか？　さすがにこの便箋に三百は出せんって……」

「んー……安い紙……あるかなぁ……」

「もうこの際、折り紙でもルーズリーフでもなんでもいいから、とにかく安い紙を探してくれ。それで代用するから」

選んだ商品を棚に戻し、違う棚を探し始める俺とナタリー。

少しでも安い商品はないか二人で棚をガサゴソ漁《あさ》っていると、レジにいた一人の女性が、慌てた様子で駆け寄ってきた。

俺の前に立ち止まると、彼女は声を張り上げる。

「あ、あの！　も、もしかして四分咲《しぶさき》副兵長であられますか⁉」

「え？」

やたら緊張した様子で、ガッチガチな敬礼をするお姉さん。

ナタリーが近くに居るのに、話しかけてくるなんて珍しい人だな……。

「えっと……あなたは……」

「わ、私は！　元統合特殊コマンド・第三陸戦部隊、デイジー・リーブスと申します！　先月までは最前線におりましたが、今はワケあってこちらの売店で働かせてもらっています！」

「デイジー・リーブス……あ、ちょうど半年前に、配属された……」

「は、はい！　ま、まさか、四分咲副兵長に認識してもらっていたなんて、身に余る光栄です！」

キリッとしたクールな見た目とは裏腹に、感極まるような声を出すデイジーさん。

これでもかと背筋を伸ばし、これでもかと敬礼を見せつける。

すっげぇ緊張してんなこの人……俺のほうが年下なんだから、もっとフランクな感じでいいのに。

ちょっとフレンドリーに接してみる。

「第三陸戦部隊って、飛龍《フェイロン》のとこの隊員っすよね？　先の大戦じゃ、お世話になりました」

「いえ！　こちらのほうがお世話になりました！　恐れ多いお言葉、ありがとうございます！」

「いやいや、ナタリーの第二陸戦部隊が滅茶苦茶だったから、しっかり隊列組んでくれる、第三陸戦部隊の存在は貴重でしたよ。まぢ、助かりやした」

「そ、そんなぁ……こ、光栄でありますぅ……」

「おいこらタカスィ。どさくさに紛れてアタシをディスってくんじゃねぇよぉ～。ベロチュ～すっぞコラァ～」

悪態を吐きつつ、ナタリーが俺の脇腹を小突く。

ディスってねぇよ。事実しか言ってねぇじゃねぇか。

お前が滅茶苦茶やってたのは間違いないじゃん。隊列組めって指示が来てるのに、単身で突っ込んだりとか。

反撃するように、ナタリーの脇腹を小突く。

そんな感じで適当にドツキ合っていると、デイジーと名乗ったお姉さんが、一層声を張り上げた。

「四分咲副兵長！　いちゃいちゃ中、大変申し訳ありません！　二分だけ、お時間を頂けないでしょうか!?」

「え？　二分？」

「この度は本当にありがとうございましたぁ！」

そう言って、急に深々と頭を下げるお姉さん。

腰を九十度に曲げるほど、深々と頭を下げられる。

ど、どうしたいきなり。何があった。

唐突な感謝に面食らっていると、彼女はそのまま、独白するように語り始めた。

「実は私！　一年前まで、隣国で孤児院に勤めておりました！　私の国では全国民に徴兵がかかったりして、人権なんてあってないようなモノでしたが、それでも私はそこで、職員を務めておりました！」

「え？　あ……そうなんすか？　それより頭を上げて……」

「いつか平和になることを夢見て、戦争孤児になってしまった子供達に指導を行っておりました！　未来ある子供達と、遊んだり、夢を語ったり……色々と……」

お姉さんの声色に、震えが帯び始める。

鼻を啜《すす》るような音が聞こえ始める。

凛《りん》として、クールだった彼女の印象がどんどん塗り替わっていく。

鼻声と嗚咽《おえつ》の入り混じった声になったデイジーさんは、必死そうな様子で言葉を紡いだ。

「も、もう……その子達が……せ、戦争に向かわなくていいかと思うと……ひっく……子供達の……死亡報告を聞かなくて済むかと思うと……ぐす……ナタリー部隊長と御一緒で、大変ご迷惑かとも思いましたがぁ……ど、どうしてもお礼を申し上げたくてぇ……」

「あ、あの……えっと……」

「ほ……本当にぃ……ひっく……戦争を終わらせてくれてぇ……ぁ、ありがとうございましたぁぁ……ぅぁぁぁ……ぁぁぁぁ……」

ポタポタと、彼女の足元に水滴が落ちる。

彼女の嗚咽が響く度、足元に滴《したた》り落ちる雫《しずく》が増える。

ボッタクリ売店内に、なんとも言えない、しんみりとした空気が流れる。

な、なんだこの空気……めっちゃ居た堪《たま》れないんすけど……。

「ナ、ナタリー、切り上げるぞ。この空気、ちょっとしんどい」

「え？　安い紙を探すんじゃないのかぁ？」

「もうどれでもいいから適当に見繕ってくれ。値段なんて気にしなくていいから」

「ふ〜ん……あいよぉ〜……」

この状況、頭の固いノーマルに見られて、なんか言われても困る。しくしくと泣き続けるデイジーさんに、「あ、あの……お幸せに！」とだけ告げ、逃げるようにその場から立ち去った。

3

三段ベッドの置かれた、生活感のない殺風景な一室。

宿舎の自室に戻った俺達は、ちょっとしたブランド品より高い便箋を、テーブルの上に広げた。

「焦《あせ》ったぁ……まさか、いきなり泣かれるなんて思ってもみなかった……」

「アタシ達の部隊にしては擦《す》れてない人だったねぇ。真っ直《す》ぐっていうか、素直っていうかぁ」

「たぶん、俺達の下らないノリに染まる前に、部隊を抜けたんだろうな……」

恐らく、傷病かなんかで前線を離脱したのだろう。すっごい普通の人のような反応だったし。

ってかね、あそこまで感謝されると、ちょっとむず痒《がゆ》いわ。普段、褒められることに慣れてないから、どんな顔していいか分からないっていうか。

これ以上、変に騒がれるのも心臓に悪いから、さっさと退役願を書いて、総監に持っていこう。

気持ちを切り替えつつ、適当な椅子を持ってきて腰掛ける。

それを見たナタリーが、嬉しそうに微笑《ほほえ》みながら、同じように椅子を持ってきた。

そして隣に、肌と肌が触れ合うような距離で腰掛ける。

距離感が近すぎてクッソ暑苦しい。相変わらず、パーソナルスペースがバグってて困る。

俺のイヤそうな表情に気付かないナタリーは、ご機嫌な様子で、退役のお気持ちを綴《つづ》り始めた。

諦めて俺も彼女に倣《なら》い、さらさらと筆を走らせる。

数分そうやって作業をしていると、ふと聞きたかったことを思い出す。

「そういや、ナタリーに聞きたかったことがあったんだ。俺、お前の素性を知らないんだよね。そろそろ出身とか教えてくれない？」

「え？　しゅっし〜ん？　どうしよっかなぁ〜……」

「これから一緒に生活するんだから、それくらい教えてくれよ。別に隠す必要ねぇだろ」

俺の言葉に、ナタリーの大きな猫目が、これでもかと細くなっていく。

何が嬉しいのか分からないが、彼女は猫なで声のような甘ったるい声をあげた。

「うふふ～。タカスィはしゃ～ねぇ～ヤツですなぁ～。アタシの全てを知りたいだなんてぇ～。スケベなヤツめぇ～」

そして両手を頬にあてたかと思うと、くねくねと気持ち悪い動きをし始める。

そうやってしばらく、ブリブリとぶりっ子をしていたかと思うと、彼女は恥ずかしそうな口調で言い放った。

「アタシねぇ～……実はねぇ～……北欧の皇室で、お姫様やってたんだ！　プリンセスなんだよ！」

「嘘《うそ》つくなボケナス」

「あははははは！　全然信じてくれねぇ～！　あはははははは！」

散々勿体《もったい》ぶってソレかよ。バカにしてんのかコイツ。

何が皇室のお姫様だ。よくもまあ、そんなこと言えるよ。

最も遠い位置にいる存在だろうが。

呆《あき》れる俺を尻目に、ゲラゲラと笑うナタリー。

気品も何もない自称皇室のお姫様は、バンバン机を叩きながら、嬉しそうに爆笑していた。

4

「な、なんですかぁ……これぇ……？」

「退役願ですぅ～♡　俺の日本に帰りたいって気持ちを、い～っぱい綴りましたぁ♡　受け取って下さぁ～い♡　キャッ♡」

「却下ですぅ……」

「なんでよ⁉」

宿舎の隣にある、総本部の司令室。

手作り感満載の退役願を提出したら、ガーネット総監にノータイムで却下を喰《く》らった。

この便箋、その辺のブランド品より高いんだぞ⁉　なんで一蹴してんだよ！　もっと中身もちゃんと確認しろよ！

「だ……だってぇ……タカシ君、めちゃんこ気持ち悪い声を出してたじゃないですかぁ……こんなんセクハラですよぉ……セクハラぁ……軍法会議ものですよぉ……」

「あのさ、俺こう見えて、十代半ばの多感な少年なんだよね。気持ち悪いとか言ったら、さすがに可哀想でしょ！」

「なーにが多感ですかぁ……タカシ君が多感なら、みんな敏感になってしまいますよぉ……ばーかばーか……」

「この幸薄太眉毛め……」

人の良さそうな顔してんのに、辛辣なことばっか言いやがって……。

却下とか許さんぞ。

「じゃあいいよ、受け取んなくて。受け取らなくていいから手続き始めてよ」

「手続きぃ……？　手続きってぇ、なんの手続きですかぁ……？」

「俺達、これで日本へ帰るから、退役の手続きを始めてくれよ。早く家族に会いたいし」

「これから同棲《どうせい》を始めるんだよぉ～。うへへぇ～、いいだろぉ～」

「うぇぇぇ……………」

総監の、フワフワとした緩い顔が、強張《こわば》っていく。

ついに言ってきたなコイツ……って感じの雰囲気に変わっていく。

ううぅ……とか、ぐぬぬ……とか一頻《ひとしき》り唸《うな》った彼女は、逆ギレするように怒り始めた。

「なんで退役するとか言うんですかぁ！　ちょっとは総監の気持ちも考えて下さいよぉ！」

「な、なんだよ……いきなり……」

「こちとら終戦したばかりで忙しいんですよぉ！　退役とか好き勝手言ってないで、ちょっとは助けて下さいよぉ！」

「忙しい……？」

俺が首を傾《かし》げると、彼女はポツポツと呪詛《じゅそ》のように、文句を呟き始めた。

「タカシ君は知らないでしょうけどぉ……兵士達はですねぇ……軍と秘密保持契約っていうのを交わさなくちゃならないんですよぉ……」

「秘密保持契約？」

「簡単に説明しますとぉ、今回の戦争で見たことや聞いたことを他言するなっていう契約ですぅ」

「ふーん……」

まぁ確かに、話すと不味《まず》い内容ばかりだよな。

倫理や道徳、人間性をドブに投げ捨てて、とにかく生き残ろうっていうクソみたいなことを繰り返してきたし。

隠したくなる気持ちは分かる。実際、俺も喋りたくなんてねぇし。

「それなのにぃ……みんな黙って勝手に帰ってしまいますからぁ……総監、軍の上層部にいっぱい怒られてるんですよぉ？　機密情報が漏洩《ろうえい》したらぁ、誰が責任取るんだってぇ……」

「気の毒だとは思うけど、それが俺達の退役となんの関係があんの？　ちゃんと手続きするって言ってるじゃん」

無駄に副兵長っていう肩書を持っているが、所詮は十六歳のクソガキ。

責任も権限もない俺に、そんなこと言ってどうなるんだよ。

「なんですかぁ……その呆れたような顔はぁ……総監が怒られて可哀想だとは思わないいんですかぁ……？」

「可哀想だとは思ってるって言ってんじゃん。でもさ、それって総監が取るべき責任でしょ？　イチ兵士の俺に文句を言って、なんになるの？」

「…………………うぅぅっ！」

俺の、他人事《ひとごと》のようなセリフが気に入らなかったのだろう。

彼女は太眉を寄せて、クッソ迷惑なことを喚《わめ》き始めた。

「あーあーいいですよぉ！　そんなイジワル言うならぁ、退役なんて却下ですぅ！　タカシ君はこれから総監の専属パートナーになってぇ、未来永劫《みらいえいごう》、戦地の復興に務めてもらいますぅ！　退役は認められませぇん！　残念でしたぁぁ!!」

「はぁ!?　なんだよそれ!?　ふざけんなよ!!」

「なんでわざわざ優秀な兵士を手放さなきゃならないんですかぁ！　総監の精神安定の為にもぉ！　タカシ君は総監のそばに居て下さいよぉ!!　可愛がってあげますからぁ!!」

「やだって言ってんだろ！　それに優秀さを求めるなら、俺よりナタリーに言えよ！　なぁ!?　ナタリー！」

「アタシはタカスィと一心同体だから、離れる気はありませぇ～ん！　独りで惨《みじ》めに朽ち果てろやボケナスぅ～！」

「ボ、ボケナスだとぉ⁉　じゃあ二人とも残れですぅ‼　総監の使える全ての権限を使ってでもぉ‼　二人を絶対に退役なんてさせませんからねぇ‼」

「ふざけんなバーカ‼　バーカバーカ‼」

5

結局、退役の手続きにエラい手間取った。

いくら総監にお願いしても、全く認めてくれねぇんだもん。相当、軍の上層部に詰められているのか、ずっと涙目になってたし。

ナタリーもナタリーで、「そ～か～ん、ざまぁ～、ざまぁ～、ぷぎゃ～」って煽《あお》るもんだから、余計に怒りを買っちゃったし。

あんまり喧嘩《けんか》売るもんだから、コイツ置いてくから俺だけでも退役させて、って言っても無理だったもんなぁ。

ナタリーにムカついたからって、俺にまで八つ当たりするんじゃありませんよ……全く……。

結局、予備兵っていう形なら帰ってもいいって言われたけど………正直、全然納得していない。戦争が終わってまで、軍と関わりなんて持ちたくなかったのに。

クソッタレが。

日本へ向かう飛行機の中、俺はずっと不貞腐《ふてくさ》れていた。

「そんな怒んなよタカスィ～。これからアタシとラブラブな新婚生活が始まるんだからさぁ～」

隣で、嬉しそうにツンツンしてくるバカ。お前のせいでこうなってんだからな。気付け。

「ラブラブってなんだよ……ナタリーが総監をイジめたせいで軍に残るハメになったんだぞ？　少しは反省しろよ」

「別によくなぁい？　予備兵でも給料が支払われるみたいなんだからさぁ～。豪遊出来んじゃ～ん」

このバカは短絡的に考えやがってよぉ……。

「アホか。一度でも金を受け取ったら、いつか必ず戻らなきゃならなくなるじゃん。俺はもう軍に関わりたくないんだよ」

「タカスィはホント真面目ちゃんだねぇ～。召集なんてかかってもバックレればいいじゃ～ん。アタシ達を捕まえるなんて不可能なんだしさぁ～」

そういう問題じゃねぇんだよ。

逃げ切れるからって、そういう問題じゃねぇんだよ。なんで平和になったのに、お前と逃亡生活を始めなきゃならないんだよ。一人でやってろ。

「ナタリー連れてきたの間違いだったわ」

「お？　そういうこと言っちゃう？　泣くぞ？　泣いちゃうぞぉ～？」

「お前泣くようなタイプじゃねぇだろ。お前が泣いた姿なんて、今まで見たことねぇわ」

「オッケー。ぢゃあ、今からめっちゃ泣くね～」

そう言って、ナタリーは耳をつんざくような悲鳴をあげて、日本に着くまでの間泣き続けた。

その効果は絶大で、到着後、俺達は無事に航空会社のブラックリストへ追加された。

首都圏から電車を乗り継ぎ四時間、無事に地元へと帰ってきた。五月晴れの爽やかな風が通り抜ける。

俺達の居た戦地とは違い、地元は宇宙人に荒らされることもなく、三年前と特に変わりはない様子だった。

よくある片田舎の、よくある住宅街。街に出ればそこそこ店もある、どこにでもあるような俺の故郷。

当時と変わらない風景に、感慨深い気持ちになる。

本当に、生きて帰ってこれたんだな…………。

「おぉ～！　ここがタッカスィの故郷かぁ～。アタシ達の愛の巣を作るには、バッチこいな場所ですなぁ～」

人が感傷に浸ってんのに……このバカは……。

相変わらずバカなことを言っているナタリーに、アイアンクローをぶちかます。

「もうすぐ実家に着くから、今の内に忠告しておくけど、くれぐれも余計なことは言うなよ」

「分かってるよぉ～。涙と感動の再会には水を差さないってぇ～。自己紹介と結婚の報告しかしないから安心してよぉ～」

「それが余計だっつうの……時たまバカのフリするのやめれ」

えへへ～、やだぁ～、とアイアンクローされながら喜ぶナタリー。

構ってもらって嬉しいと、上機嫌な様子。

「ナタリー見てると思うけどさぁ、犬とか猫のほうが聞き分けあるんじゃないの？」

「所詮、犬畜生は媚《こび》を売ることしか出来ないからねぇ。アタシみたいにぶっ飛んで可愛ければ、媚なんて売る必要はないんだよぉ。タカスィは、こんな美女に甘えられて幸せ者だねぇ～」

「それ、自分で言うセリフじゃないだろ。傲慢すぎてキュンと来たわ」

「だろぉ～。もっと惚《ほ》れろ」

「欲張りさんめ」

コイツには何言っても無駄だな。そもそもゴリラの手綱を引こうという考えが甘かったのだ。

ナタリーを連れてきた時点で、間違いなく話は拗《こじ》れる。もう避けられない現実。

アイアンクローを解いて、ポンポンと彼女の頭を叩いた。

これ以上暴走しないように、願いと諦めを込めて。

2. 戦地から帰ってきたタカシ君。普通に家族と再会したい

1

弟が戦地へ向かって、今日で三年が経《た》つ。

突如として始まったスペースインベーダーによる侵略。その戦争で、弟のタカシが兵士に選ばれた。

日本は当時、戦争に参加しないと表明したが、インベーダーとの生存競争の前では綺麗《きれい》事《ごと》を言っていられず、かと言って考えなしに兵士を戦地へ送っては国民からの糾弾は避けられない為、政府は選抜による徴兵制度というものを採用した。

平たく言えば、千人の無能を送るより、国が誇る優秀な兵士を一人送る、というやり方。

どういう基準で選ばれるか分からないが、国が定めた基準で選出することによって、本来なら何十万人と参加しなければならないところを、百人程度の徴兵に抑え込んだ。

日本は最前線から遠く離れ、派兵も少ない国。

他の国から見れば、相当恵まれている。

場所によっては、国自体が滅んでいる所もあるのだから。

それを考えれば、私達は幸運なんだろう。

実際、そう思っていた。

弟に召集がかかるまでは。


弟が兵士として選ばれた時、私は耳を疑った。

まさか自分の身内が、徴兵されるなんて思ってもみなかった。

だって弟は、成績も普通で、姉の目から見ても平凡な男の子。ただただ優しいだけが特徴の、私の大切な弟。

現実を受け入れられなかった。

離れ離れになることを恐れ、大声で泣き叫び、絶対に離れたくないと両親に懇願した、あの日。

連れて行こうとする役人を殺してでも止めようとした私に向かって、「俺は大丈夫だから……行ってきます」と告げられた、あの日。

弟が居なくなった部屋で、虚無感に襲われながら延々と泣き続けた、あの日。

あの日から、私は立ち直ることが出来ていない。

弟が戦死すれば、家族の元へ知らせが入る。
それを聞いた私は、毎日、毎日、その知らせが来ないことを祈った。
朝、郵便が届き、軍からの知らせがないか一番に確認する。
日中、速達で知らせが来ないか震えながら祈る。
私が安心出来るのは、一日の配達が終わる夜の九時。
その時間になって、弟が今日も生きていると初めて実感出来る。
生死を確認する毎日。
頭がおかしくなりそうだった。
そんな生活を繰り返す内に、私は徐々に郵便物を見るのが怖くなっていく。
死の知らせが届いていたら……その恐怖に耐えられなくなり始めた。
もしかしたら今日、訃報が届くかもしれない。
中学に入学したばかりの、まだまだ小さい弟が、遠い異国で、たった一人で死んだと。
怖かった。
想像したくなかった。
死んでいると、思いたくなかった。
死んでいると、考えることすら辛《つら》かった。
愛する人を亡くすことに、私は心底怯《おび》えていた。

今日も一人、弟の部屋で、弟との思い出に浸っていると、ピンポンとチャイムの鳴る音が響いた。

普段ならチャイムが鳴っても無視するが、今日のお客さんは相当しつこいようで、何度も何度もチャイムを鳴らし続けていた。

ピンポンピンポンポン繰り返される音に一抹の不安を覚えた私は、確認の為に玄関へ向かった。

「誰も出てこないんですけどぉ〜」

「お前鳴らしすぎだろ……壊れるから止めろって」

「アタシの国じゃ、これくらい鳴らすのが礼儀なんだけどねぇ〜」

「は？　お前の国やべぇな……カルチャーショックだわ」

「嘘に決まってるじゃん。ホント素直だなぁ〜」

「へへ。よせやい」

「真に受けんなよぉ〜。褒めてねぇよぉ〜」

若い男女の話し声が、玄関のドア越しに聞こえてくる。

昔の友人だろうか。

常識のなさに怒りが込み上げ、玄関の扉を開けて怒鳴りつけようと――

思考が止まった。

「あ……姉さん久しぶり。なんとか生きて戻ってきたよ」

目を疑った。

夢を見ているのかと錯覚した。

「姉さん？　だ、大丈夫？」

優しく微笑む、素朴な少年。

背が伸びて声変わりしているが、間違いなく私の弟がそこに居た。

「あ……あ……」

息が上手《うま》く吸えない。

思考が上手く働かない。

「あ……ぁぁ……タ……タッ……」

掠《かす》れた声が漏れる。言葉にならない。

自然と涙が溢《あふ》れ、止めることが出来ない。

私に出来ることなんて、たった一つしかなかった。

「タ……ダヅ君……ダヅぐ……ぁぁ……ぁぁぁぁぁぁぁぁ……」

玄関から飛び出し、思い切り弟を抱き締める。

強く、強く抱き締める。

夢にまで見た、私の弟。

もう二度と会えないと、何度も諦めかけ、何度も諦められないと泣き続けた私の弟。

会えたんだ……。

私は神に、心から感謝した。

「ね、姉さん……か、花梨《かりん》姉さん……く、苦しいっす……ぎ、ギブ……」

「ぉ……ぉぉ～……あのタカスィが苦しんでる……」

苦しむ弟を無視して、私は強く抱き締め続けた。

体温に触れ、肌に触れ、匂いに触れ、弟が生きて戻ってきたことを実感する。

どさくさに紛れ、唇にキスをした。勢い余って頬を舐《な》めてやった。耳たぶもついでにしゃぶった。

昔と変わらない感触に、虚無感で包まれた胸が癒やされていく。

もう離さない。

渡さない。

私の弟を。絶対に。誰にも。

2

三年ぶりに再会した姉さんは、かなりやつれてしまっていた。

元々、細身だったけど、今は細いって言うよりガリガリだ。

目の下のクマもすごいし、髪も傷んでるし……大丈夫か？　めっちゃ体調悪そうなんだけど。

「姉さん、ちゃんとメシ食べてる？　顔色悪いけど」

「ぁ……グス……だ……だべで……な……ぁぁぁ……ぅぁぁぁぁぁ」

嗚咽《あ》を漏らしながら、咽《むせ》び泣く姉さん。

ちゃんと食べなきゃダメだろ。再会を喜ぶより、まずはメシだな。

「取り敢えず牛丼でも食べに行こうか。俺も腹減ったし」

「タ～カ～スィ～。こんな可愛い美女を連れて、牛丼はないだろぉ～。もっとオシャレな店にしろよぉ～」

まぁた始まったよ………。

文句を垂れられる前に、ナタリーの頭を雑に撫《な》でる。

「何言ってんだよ。初デートならちゃんとした店を選ぶけど、嫁と行くなら牛丼屋に決まってるだろ」

「は、はぁ？　よ、嫁ぇ？」

「気心知れた嫁《ナタリー》には、俺の好物を味わってほしいんだよ……」

「も、もぉ～タカシったらぁ～。し、しょうがないヤツだなぁ……」

適当に思いついたセリフに、ナタリーが顔を真っ赤にして恥ずかしがる。

チョロすぎんだろコイツ。

「タ……タッキュン……そ、その人は……？」

俺達のやる気のないイチャつきを見た姉さんが、鼻を啜りながら話しかけてきた。

「ナタリー。挨拶」

「ちゅわっす！　アタシはナタリー・ターフェアイト・ピンクスターでぇっす！　タカスィとは、子作りを前提に結婚してまぁっす！」

相変わらず、頭のバグった発言をかましてくれる。

ナタリーのせいで、姉さんが固まったじゃないか。

「姉さん落ち着いて。このバカは俺の戦友で、行く宛がないから俺についてきたんだよ。面倒は俺のほうで見るから、基本無視していいからね」

「ちょぉ～……無視を勧めんなよぉ～……アタシは小姑《こじゅうとめ》と仲良くしたいんだよぉ～」

「こ、小姑!?」

素っ頓狂な声をあげて驚く姉さん。

純朴な姉さんには、ナタリーの毒は強すぎたようだ。慌てて常識を振りかざし始める。

「ダ、ダメ！　タッ君と結婚なんて絶対許さないからね！」

「お？　早速夫婦の間に障害が生まれたよ、タカスィ～」

「壁が高ければ高いほど、愛は燃え上がる……高い壁であってくれよ！　姉さん！」

「ちょ、ちょっとタッ君！　さっきからなんなのそのノリ！　そんな冗談言う子じゃなかったでしょ！」

姉さんのツッコミを受け、俺とナタリーがハハハと笑い合う。

なんだろ。やってるほうは楽しいんだけど、巻き込まれるほうはつまらないか。クッソしょうもないノリは止めて、フラつく姉さんを支える。

「とにかく今は、メシを食べに行こうよ。そこで詳しい話をするからさ」

「ぁ……うん……釈然としないなぁ……」

ブツブツと呟く姉さんを尻目に、俺のテンションは自然と高まっていく。

久しぶりに、軍用糧食《レーション》以外のまともなメシが食べられる。

そう思うだけで、俺の心はどんどん弾んでいった。

牛丼をオカズに、牛丼を食べる俺とナタリー。

その様子を姉さんが、引き攣《つ》りながら眺めていた。

「ふ、二人とも、そんなに食べてお腹《なか》壊さない？　大丈夫？」

「むしろ姉さんはそれだけで足りるの？」

姉さんの手元には、小盛りの牛丼が一つ。

結構な時間が経つが、まだ半分も食べていない。

「ぁ……うん……久しぶりにお米食べたから、これでもちょっと多くて……」

「ダメだよ姉さん。ちゃんと食べないと元気出ないよ」

「ドリンクにカレー頼むけどぉ、二人はどぉするぅ～」

「俺はカツカレーがいいな。姉さんは？」

「…………み、水があるからいいです」

そう言って、ちょびちょびと箸を動かし始めた姉さんだったが、「ち、ちが……牛丼食べてる場合じゃなくて！」と慌て出した。

「ナ、ナタリーちゃんとは、どういう関係なの!?」

「ズッ友かな」

「アタシ達、まぢサイキョー夫婦」

「真面目に答えてよぉ……」

姉さんが涙目になっていくので、仕方なく真面目に答える。

「さっきも言ったけど、ナタリーとは戦友だよ。適当に観光させたら軍に送り返すから、

それまでは優しくしてあげて」

「ちょいちょーい。アタシ帰んねぇぞぉ！　タカスィと一緒の墓に入るんだからなぁ！」

「望むところだぁ!!」

「張り合わないで……タッ君……」

オドオドする姉さんを見ていると、相変わらず可愛い人だと思う。

庇護欲《ひごよく》を駆り立てるというか、なんというか。

俺達のしょうもないやり取りにも、しっかり反応してくれるんだもん。姉さんと結婚した人は、絶対束縛するだろうなぁ。

そんな未来を妄想していると、姉さんが涙目で尋ねてきた。

「ふ、二人の関係がよく分からないんだけど、付き合っているの？」

「付き合う……？」

何その甘酸《あまず》っぱい単語。久しぶりに聞いた。

そういえば戦争に行く前は、付き合う付き合わないで、ハシャいでいたっけ。

「付き合うかぁ～。懐かしい響き～」

「だなぁ……戦争が終わったんだって実感する」

「付き合う……付き合うかぁ～。ふふ……付き合うねぇ……」

視線を落として笑い合う俺達。

その様子を見た姉さんが、戸惑い始めた。

「え？　わ、私、変なこと言ったかな？」

「いや、別におかしなことは言ってないよ」

「じ、じゃあ、その反応はなんなの……？」

あー……なんて説明すればいいかなぁ……。

この感覚を言葉にするのが難しい。

「えっと……俺達の戦ってた場所って、とにかく死亡率がメチャクチャ高くて、突入した部隊が全滅ってザラにあったし、奇跡的に生き残った連中も、次の日の特攻で死んだっていうことがよくあったんだよね」

「え……う、うん……」

「だから、死に対する恐怖が半端なくてさぁ……葉っぱや薬を使って現実逃避しようにも、それが原因で普段の動きが出来ずに死んだりするから、余計に発狂するヤツも居て……」

「…………」

「精神的に図太い連中でも、その環境にいると頭がおかしくなっていくから、正常を保つ為に、とにかく生きる希望を思いつく端から口にしてたんだ。結婚したいとか、子供産みたいとか、生きて家族に会いたいとか」

注文したカレーが運ばれてきたので、牛丼をカレーで流し込みながら話を続ける。

「今日生き残れば、明日は幸せな未来が待ってる……そんな妄想を夢見て、無理矢理奮起してたから、付き合う程度の夢を語るヤツはいなくて――」

「タカスィ〜。お姉ちゃんがドン引きしてるから、この話そろそろ止めたほうがよくなぁい？」

ナタリーが姉さんを指差す。

俺の話のせいで、姉さんが泣き出しそうな顔に戻っていた。

「……うぅ……グス……っ、辛かったね……ダッ君……」

「ご、ごめん。こんな話するべきじゃなかったね」

姉さんを前にすると、つい喋ってしまう。辛気臭い雰囲気にならないよう注意していたのに。

俺もまだまだだな。

空気を払拭《ふっしょく》するように話題を変える。

「そういえば、父さんと母さんは今日仕事？」

「ぐす……う、うん………ぁ………い、いけない！　タッ君が帰ってきたことを連絡するの忘れてた！」

そう言って、慌ててスマホを操作する姉さん。

泣いたり慌てたり、感情がコロコロ変わって見ていて可愛い。

微笑ましい気持ちになっていると、ナタリーが「はいはーい！」と声をあげた。

「タカスィのお母さんって、国際結婚には理解あるほぉ？　反対されたら、ちゃんと庇《かば》ってね♡」

「嫁姑戦争が始まるだけだよ。頑張れ」

「戦争ハシゴするつもりはねぇんだよ。助けろよなぁ～」

ナタリーならなんとかなるだろ。

あまり深く考えずに、残りの牛丼を片付けた。

3

「あ……あぁ……あぁぁ……」

「タ、タカ……うぁ……あぁ……」

姉さんの連絡から一時間後、母さんと父さんがすっ飛んで帰ってきた。

三年ぶりに再会した両親は、俺の顔を見るなり、表情をしわくちゃなものへと変えていった。

相当動揺しているのかな。少しの間震えてたかと思うと、母さんが絞り出すような嗚咽をあげながら、よろよろと駆け寄ってきた。

「あぁぁぁぁ……タ、タカシぃぃぃ……あぁぁぁ……ぅあぁぁ……」

力いっぱい抱き締められ、首筋に顔を埋《うず》められる。

ロンTが、母さんの涙で濡《ぬ》れていくのを感じる。

「ただいま母さん。なんとか生きて帰ってきたよ。すごいでしょ」

「お、おか……ぁぁぁ……おか……えり……タカシぃぃぃ……あぁぁぁぁ……」

俺も抱き締め返し、母さんの温《ぬく》もりを感じた。

母さんの身体って、こんなに細くて小さかったっけ？　身長も完全に逆転しちゃってんじゃん。

姉さんと同じように、やつれてしまったってのもあるのかね？　相当心労を抱えてきたのか、母さんの髪に白髪が増えてるし。

三年会わなかっただけで、ここまで変わってしまうとは。あれだけ豪快で若々しかった母さんが、今は弱々しくなってしまっている。

元気を分け与えるように俺も強く抱き締めると、そんな俺達を包み込むように、父さんも抱擁してきた。

「よかった……ぐす……ほ、本当によかった……タカシが無事で……本当によかったっ……うぁぁ……」

掠れた声で、男泣きする父さん。

父さんも、なんかちっちゃくなってんなぁ……ストレスを抱えてきたのか、髪も絶妙に薄くなっているし……。

相当、心配させてきたんだな。

そう考えると、三年って短いようで長い。そんな長い期間、みんなに心配をかけていたことが申し訳なくなってくる。

「父さんもただいま。今まで心配かけてごめんね」

「いいんだ……タカシが無事なら……それで……いいんだっ……！」

今まで聞いたことのないような声で、泣き続ける父さん。

声色から、喜んでいることが容易に伝わってくる。

このタイミングで思うことじゃないのかもしれないけど、父さんの優しい声を聞いていたら、改めて生還したという実感が湧いてきた。

夢見た日常に戻ってきたんだと。

少しだけ涙腺が緩んでいくのを感じていると、ちょっと離れた位置で、ナタリーがジェスチャーを送っているのが見えた。

『ほれ！　さっさとこの可愛いナタリーちゃんを、家族みんなに紹介せんかい！』っていう、いやらしい動きをしている。

急速に、涙腺が引き締まっていった。

誰かあのバカ止めてくんねぇかなぁ……自己主張が激しすぎて、感動の再会って気分じゃなくなっていくんだよなぁ……。

そうは言ってもスルーするのも可哀想なので、ナタリーを軽く手招きする。

「母さん、父さん。ちょっとお願いがあって、コイツもウチに迎え入れていい？　俺の戦友で、故郷が消滅しちゃってるから行く宛がないんだよね」

「こんちゅわっす！　ナタリー・ターフェアイト・ピンクスターでぇっす！　故郷が消滅して、身内が全員死んじまってるので、タカスィしか頼る人がいませぇん！　迷惑はかけないので家族の一員にさせて下さぁいっ！」

勢いよく頭を下げて、ナタリーが挨拶をぶちかます。

ナチュラルに家族の一員になりたい、って混ぜ込んだところがポイント高い。一見、甲《か》斐《い》甲《が》斐《い》しいセリフに見えて、しれっと四分咲家に嫁ごうとする図々《ずうずう》しさが見え隠れしている。

さすが俺のナタリー。普通、初対面でここまで言えない。

ナタリーの手腕に感心していると、母さんが鼻を啜りながら尋ねてきた。

「せ、戦友？　ぐす……戦友って、タカシのお友達ってこと……？」

「お友達っていうか、言葉通り戦友かな。ナタリーには戦場で散々世話になったから、これから先の生活くらい面倒見てやりたいんだよね」

「世話になった……？」

不思議そうな表情で、ナタリーを見つめる母さん。

そりゃあそんな顔にもなるよな。ナタリーって世話するようなタイプに見えないし。

補足するように説明する。

「コイツ、見た目はこんなんだけど、実はかなり優秀な兵士なんだよね。軍で、知らないヤツは居ないくらい優秀っていうか」

「え？　あ……そうなの……？」

「それくらい優秀だったから、俺もナタリーに何度か助けてもらったことがあるんだよ。今こうやって再会出来たのも、全部ナタリーのおかげって言えるくらいに助けてもらったんだ。たぶんコイツがいなきゃ、生きて帰ってこれなかったと思う」

「…………」

「そんな命の恩人だから、ナタリーには幸せになってもらいたいんだよね。だからウチに住み込んでも――」

話の途中で、母さんが俺から離れ、ナタリーに飛びかかった。

そのまま母さんがナタリーを抱き締めると、再び、おいおいと泣き始める。

「ナ、ナタリーちゃん……あ、ありがとぅ……ほ、本当にありがとぉぉ……」

「ふぇ？　ど、どうしたの？　タカシのママ……」

「息子を助けてくれて……ぐす……本当にありがとう……あぁぁ……ぅあぁぁ……」

「あ……うん……」

「ずっと居ていいからね……ずっと、ずっとウチに居ていいからねっ……ありがとぉ……ありがとぉぉぉ……」

「あ……う、うん！　こっちこそありがとだよぉ～！」

母さんの優しさを感じたのか、ナタリーの顔に柔らかい笑顔が灯《とも》る。

嘘偽りない感謝を向けられ、二つ返事で了承してもらえたのが嬉しいのか、心の底から笑っている。

アイツ、こんなに早く認めてもらえるって思っていなかったのか、ちょっと素が出てたな。

ナタリーのレアな表情を見て、少しだけ温かい気分になった。

「いいご両親だったねぇ～。まさかアタシのことも、こんなにすぐに認めてくれるなんて思わなかったよぉ～」

自室に戻ったところで、ナタリーから嬉しそうに話しかけられる。

両親から俺の戦友なら家に居てもいい、と言われたことが相当嬉しかったのか、彼女はニヤニヤ笑いながら上目遣いで詰め寄ってきた。

調子に乗った笑顔を見ていると、ちょっと意地悪したくなってくる。

「お前に息子はやらん！　って言ってくれるのを期待してたのに……」

「残念でしたぁ～。私の素晴らしい内面が滲《にじ》み出たんじゃない～？　ぷぷぷ～」

煽ったのに、煽り返された。

お前の内面が出なかったから認めてくれたんだと思うぞ？　調子に乗んな。

無言でプレッシャーをかけていると、ナタリーがそれを躱《かわ》すように話題を変えてきた。

「それよりさぁ～、伝えなくてよかったのぉ～？」

「何を？」

「タカシの体のこと」

急に真面目な声を出すナタリー。

真っ直ぐ見据える彼女に、俺も真面目に答える。

「敢えて伝える必要ないだろ。俺達の体って軍事機密になってるし」

「別に、軍事機密なんて守んなくてもいいんじゃない？　どうせ軍に、アタシ達を止めることなんて出来ないんだし」

いや、そうだけどさぁ……揉《も》める前提で話を進めないでほしい。ノーマル共はともかく、総監には迷惑かけたくねぇし。

肩をすくめて、小さく笑う。

「正直、俺も、母さんと父さんに再会するまでは伝えようと思ってたんだよ。でもさぁ、母さんのアレを見ちゃったら、言えなくなってさぁ……」

「あぁ～……確かに、お母さんの喜び方は尋常じゃなかったもんねぇ～……」

「あんな泣き方されたら普通言えないよ。息子の体が改造されてるなんて……」

伝えたところで誰も幸せにならない。それなら伝えないほうがいいに決まっている。

その辺の空気くらい読めるぞ。さすがに。

「日常生活に支障をきたすワケじゃないから、一生隠し通していくことにするわ。言ったところで、誰も幸せにならないと思うし」

「バレるなよぉ～。タカスィって、結構おっちょこちょいなところあるんだからぁ～」

「一理ある」

コロコロと寝っ転がりながら、ケラケラと笑うナタリー。

コイツの、こういうところが気に入っている。心配はするけれど、深く干渉しないところ。

一緒にいて、すごく楽だ。

二人で見つめ合いながらニヤニヤ笑い合っていると、枕を抱えた姉さんが乱入してきた。

「へ、変なことを始めないように、今日は私が見張っているからね!」

俺達を見渡しながら、高らかに宣言する姉さん。

何を勘違いしているのかは分からないが、強い意志だけは感じる。今日は俺達と、一緒の部屋で寝るつもりらしい。

「お姉ちゃぁ～ん。変なコトってなぁにぃ～？　純粋で無垢《むく》なアタシに教えてぇ～」

「ぁ……ぅ……うぅ……」

ナタリーの意地悪なツッコミに、姉さんがあうあう言いながら言葉を詰まらせる。

仕方ねぇな。ここは俺が助け舟を出すかね。

「俺が代わりに教えてやんよ。ほれ。そこのベッドで四つん這《ば》いになれ。可愛がってやるからよぉぉぉ!!」

「ぇ、え？　え？　タ、タカシ本気で言ってるの!?　う、嬉しい！　す、すぐシャワー浴びてくるね！」

「本気にすんじゃねぇよ。知ってる反応じゃねぇか」

知らねぇってトボケるつもりなら、体を使って教えてやろうと思ったのによぉ～（ネットリボイス）。

俺のセクハラ発言に、姉さんが慌てながら割り込んできた。

「や、やっぱり二人は不純な関係なんだね……ダ、ダメだよ！　お姉ちゃんは許さないから！」

「愛と愛のぶつかり合いを、不純と一蹴するのは間違ってると思います！　性に対する冒《ぼう》涜《とく》です！」

「タッ君はどっちの味方なのよぉ～……」

涙目になる姉さん。

そんなことより聞きたいことがあったんだ。今の内に聞いておこう。

「それより姉さんの通ってる高校って制服？　私服？　どっち？」

「え？　せ、制服だよ？」

「聞いたかナタリー!!　編入先が決まったぞ!!　姉さんの通う高校だ!!」

やっぱり高校は制服っしょ。これだけは譲れない。

制服ってだけで、青春ポイントが跳ね上がるもんな。戦争中、そういう高校生活を夢見てきたワケだし。

「えぇ～……タカスィ学校に通うつもりなのぉ～……アタシはいいよぉ～……」

俺の言葉を聞いたナタリーが、ゴロゴロと寝転びながら、拒否してくる。

まぁ、お前ならそう言うと思っていたよ。

「絶対楽しいって！　俺と一緒に、学園生活をエンジョイしようぜ！」

「やだよぉ～……なんで集団生活から解放されたのに、また集団生活を始めなきゃならないんだよぉ～。お腹いっぱいだよぉ～」

「軍と高校を一緒にすんなって！　絶対楽しいからさ！　な？　一緒に楽しもうぜ！　な？」

「ヤダってぇ～……学校なんか楽しくないよぉ～……家でゴロゴロしてたいよぉ～」

駄々っ子のように、イヤイヤと首を振り続けるナタリー。

その頭を押さえつけて、なるべく顔を近づけて言ってやった。

「ナタリーの高校生活は、俺が絶対に面白くするから！　約束する！　だから行こうぜ！」

俺の言葉に、ナタリーの表情がキョトンとしたモノに変わる。

少しの間思案した彼女は、いつものネチャっとした顔で笑った。

「ホントぉ〜だろ〜なぁ〜？　面白くなかったら責任取ってくれんのかぁ〜？」

「卒業の時、高校生活がメチャクチャ楽しかったって泣かしてやるよ。覚悟しとけ」

「うへへへ〜。覚悟しとくぅ〜」

舌舐めずりしながら、大きな猫目を細めて微笑むナタリー。

コイツには散々助けられたからな。せっかく日本に来たんだ。平凡な高校生活を送ってもらおう。

「タ、タッ君、もしかして私の高校に通うつもりなの？」

「うん」

「う、嘘……夢みたい……グス……」

俺達のやり取りを聞いた姉さんが、再び涙目になっていく。

そんな嬉しそうな顔で微笑む彼女に、俺は慌てて釘《くぎ》を刺した。

「姉さん。編入試験に合格しなきゃならないから、まだ通えるかどうか決まったワケじゃないよ。これから猛勉強しなきゃだし」

「え？　タカスィ勉強するつもりなの？　軍に掛け合って、編入出来るように働きかけしてもらおうよぉ～」

やだよ。

俺はもう、軍と関わりたくねぇんだよ。

「軍に掛け合ったら、戦地から帰ったってバレて悪目立ちするじゃん。やだよ！　俺は普通の高校生活を送りたいだけなんだから！」

「凱旋《がいせん》した戦士の発言じゃねぇなぁ……」

ナタリーが呆れた様子で笑う。

どんなに言われても、譲れないものは譲れない。

悪目立ちするくらいなら、なんだってやったるぞ。マジで。

「だから普通に勉強して編入試験を受けようぜ！　そうすりゃ目立つことなんてないんだからな！」

「めんどくさいなぁ～……」

「ナタリーは特性使えば余裕だろ！　頑張れよ！」

「うぃ～……」

ヒラヒラと適当に手を振るナタリー。

やる気はなさそうだが、コイツよりヤバいのは俺のほうだ。

俺の学力のほうが、遥《はる》かにヤバい。

すぐに試験勉強を始めようと、心に決めた。

4

タッ君が戦地から帰ってきて、今日で五日が経った。

五日も経ってくると、混乱していた脳も落ち着きを取り戻し始め、現状を冷静に分析出来るようになってくる。

もうね、はっきり言うね。

タッ君とナタリーちゃんの関係ってなんなの？

ホントなんなの？　友達？　恋人？

二人の距離が近すぎて、すっごい困るんだけど。

いつも一緒にいるのはもちろん、同じ部屋で寝泊まりするのは当たり前。年頃の男女の距離感にしては、どう贔屓目《ひいきめ》に見てもバグっている。

昨日なんて、朝起きたらナタリーちゃんが、タッ君の布団に潜り込んでいたし……しかもタッ君に抱きついて、スヤスヤ気持ちよさそうに眠っていたし……。

タッ君もタッ君で、その状況に興奮するワケでもなく、微妙に迷惑そうな顔をするだけでスルーするだけだし……。

二人の会話からは恋人同士っていう感じもしない……仲の良い友達っていうか、悪友っていうか。

でも……ナタリーちゃんは四六時中、正妻アピールを繰り返しているんだよなぁ……ほんと、よく分かんないなぁ……。

よく分かんないと言えば、ここ最近のタッ君の行動についても、よく分からなかった。

今日だってそう。二人は今、私の高校に編入する為に勉強している。

編入試験までの期間はたった二週間しかなく、勉強が出来る時間は圧倒的に少ない。

それなのに、タッ君とナタリーちゃんが、失った学力を取り戻す為に取った行動は、私にとって全く理解の出来ないものだった。

普通、理解出来る？

中学三年間で学ぶ勉強を、デパートの書籍コーナーで本を読むだけで済ませようとする二人を。

塾とか通うワケではなく、売られている参考書を立ち読みするだけで、私の高校へ入ろうとする二人を！

いやいやいや！　何やってんのよ！

本を読むだけで編入試験に合格出来るほど、私の通ってる高校は偏差値低くないんだよ⁉

むしろ県内では高いほうなんだから！　せっかくタツ君と学校へ通えるかもって思ったのに、これじゃぬか喜びになっちゃうじゃん！

そうツッコんだ私が、参考書を片手に勉強を教えようとしても、タツ君もナタリーちゃんも「それじゃ間に合わないからいいっす」って言って、やんわり断わってくる始末……。

どうしても二人で、仲良く立ち読みをしたいらしい。

なんなのよもう……自分達の世界作っちゃってさ……。

本屋さんに備えつけられているベンチに腰掛けて、一心不乱に本を読み漁る二人を眺める。

ただ……もう六時間はああやっているんだよね……。

この五日間、開店から閉店までの時間、ずっと立ち読みを繰り返す二人。

集中力だけで言えばかなりのものだ。あんまり褒められた行動ではないけど。

そんなことを考えながら二人をボンヤリ眺めていると、ナタリーちゃんが読んでいた本を棚に戻し、大きく背伸びを始めた。

そしてタツ君に一言声をかけたかと思うと、私のほうへ駆け寄ってくる。

「お姉ちゃ〜ん。勉強終わったからぁ、お店見て回ろうぜぇ〜」

「…………え？」

満面の笑みで、私の手を引くナタリーちゃん。彼女も華奢《きゃしゃ》な身体をしているのに、軽々と私を引き寄せた。

「いつまでもアタシ達の勉強に付き合わせるのは忍びないからさぁ〜。服買いに行こうよぉ〜服ぅ〜」

な、なんだろ……屈託のない笑顔を見ていると胸が痛くなってくる……二人の仲を邪魔しようとしてついてきたのに、そんなことを言われたら罪悪感が湧いてしょうがない。

その罪悪感を振り払うように、話を戻す。

「べ、勉強は大丈夫なの？」

「問題ないよぉ〜。完璧に仕上がったからぁ〜」

「ほ、ほんとに？」

参考書を読んだだけなのに、この自信はどこから来るのだろう。

アレで受験勉強が終わったとか、世の受験生を舐めてるとしか思えないんだけど。

「うへへ〜〜。お姉ちゃんは、居候《いそうろう》のアタシのことも、ちゃーんと心配してくれるんだよねぇ。だから好きぃ〜」

無邪気に喜ぶナタリーちゃんを見て、思わずドキッとする。同性なのに一瞬惚れかけた。

人形のような整った顔で笑いかけるのは止めてほしい。その上、人懐っこいなんて反則すぎる。

ただでさえナタリーちゃんの姿は人目につくのに、コロコロ笑う姿はまさに天使としか言えないじゃん。

ほら、今も周りの人達だって、ナタリーちゃんのことを――


「ん？　どったのお姉ちゃ～ん」

絶句する私に、ナタリーちゃんが不審がる。

彼女の問いに、私は答えることが出来なかった。

答えられなかった。

それどころじゃなかった。

私の視線の先に、会いたくないと、ずっと避け続けてきた男がいる。

絶対に関わりたくなかった男。

その男が、注目を集める私達を見つめていたのだ。

嫌悪感《けんおかん》の塊のような笑みを浮かべながら、その男は、私に向かって大声を張り上げた。

「よぉ～………四分咲ぃ～………なんで俺の電話に出ねぇんだよぉ!!」

最悪な男に見つかった。

恐怖に震え、思わずナタリーちゃんの腕を強く摑《つか》んだ。

大神天河《おおがみてんが》。

私の通っている高校で、この男を知らない生徒は居ない。

アスリート顔負けの高身長に、筋骨隆々な身体。異常発達した筋力は、プロの格闘家すら簡単に半殺しに出来るほど人間離れしているらしい。

彼が格闘技を習えば、たちまちトップクラスになれるだろうと噂《うわさ》されているくらいすごいそうだ。ある種、天性の才能を持っていると言われている。

これで人間性も備わっていたらよかったのだけど……天は彼に、二物を与えなかった。

彼は、病的なレベルで人格が破綻していた。

ことあるごとにトラブルを引き起こし、理由もなく人を傷つける。

人の悲しむ姿、苦しむ姿を見ることが何よりも楽しいようで、彼の手によって、何人もの生徒が登校拒否になったくらいだ。

さらにタチの悪いことに、彼の両親は地元で有名な名士で、多少の問題くらいなら簡単に揉み消せるほどの権力者なので、教師ですら大神君を止めることが出来ない状況となっていた。

やりたい放題の暴君。

私達の世代の癌《がん》。

それが大神天河という男だった。

「四分咲ぃ!!　てめぇ、俺の話聞いてんのか!?　オラァ!!」

威圧するように、肩を揺らしながら近づいてくる悪魔を見て、足が鉛のように重くなっていく。

同時に、視界が恐怖による涙で滲む。胃が痛くなってくる。

私はこの男に、ずっと付き纏《まと》われていたのだ。

「今から車回すからよぉ！　今日こそ俺についてこ――」

大神君の手が私に触れようとした瞬間、ナタリーちゃんにグイッと抱き寄せられた。

「Don't touch me」

そして、凛とした声が響く。

私はその時、その声が誰のものなのか分からなかった。

「あぁ？　なんだぁテメェ……四分咲の後で、お前もぶっ壊してやろうかぁ!?」

「What? Do you want to die?」

「あぁ!?　んだぁ!?　なんだそのツラは!?　生意気そうなツラしやがって……決めたわ。お前もメチャクチャに犯してやるからな!!」

「OK.I'll kill you!」

そこで初めて、ナタリーちゃんが私を庇うように喋っていることに気付いた。

凛とした声の主は、ナタリーちゃん。

今まで聞いたことのない声色に驚いていると、彼女を止めるように、後ろから軽くチョップが入った。

「お前……なに殺気出してんだよ……」

タッ君だ。

どうやら彼も勉強を終えて戻ってきたらしい。

どんどん人が増えていく状況に、大神君の顔が険しくなっていく。

「タッカスィ!! アタシ悪くないよ!! 悪いのはコイツ!! この肉ダルマが生意気なんだよぉ〜!! ぶっ潰そうぜぇ!!」

「あのさぁ……一般人に迷惑かけんじゃねぇよ……」

「迷惑かけてんのはアタシじゃなくてコイツだよぉ〜! お姉ちゃんに付き纏ってるっぽいしぃ〜」

「姉さんに?」

そう言って、大神君に視線を移すタッ君。

しばらくまじまじと見ていたかと思うと、次の瞬間、とんでもないことを言い出した。

「この人、姉さんの彼氏?」

「違うよ!!」

思わず大声をあげる。

こんなヤツ絶対ヤダよ！　私はタッ君一筋なんだから！

「ごめん……てっきり姉さんの彼氏が、ナタリーにちょっかいかけて怒らせたのかと思ったよ……ナタリー短気だし……」

「今の発言で、タカスィのアタシに対する印象が分かるよねぇ……」

タッ君とナタリーちゃんが話し合う姿を、大神君が興味深そうに眺める。

なんなのその顔……悪巧みするような……。

一抹の不安を感じていると、大神君が、タッ君に話しかけた。

「お前、四分咲の弟か？　確か戦争に行ってたとかいう……」

「ん？　そうですけど……よく知ってますね」

「へぇ………」

ニタリと笑った彼は、そのまま何も言わずに立ち去った。

タッ君とナタリーちゃんの表情が、怪訝《けげん》そうなものに変わっていく。

「何あの人？　なんであんなピチピチのシャツ着てんの？　チクビ透けてるじゃん」

「知らなぁ～い。バカだから自分のサイズすら分からないんじゃなぁ～い？」

「ち、ちょっと二人とも！　シーッ！」

大神君の怖さを知らない二人を慌てて止める。

幸い、聞こえていなかったからよかったものの、もし耳に入っていたら、命に関わっていたかもしれない。

あの外道なら、絶対許さないだろう。

でも、なんであっさり立ち去ったのかな？

大神君の執着心からして、大きなトラブルになると思っていたのに……。

不思議に思っていたが、その時はひとまずその場をやり過ごせたことに安堵《あんど》した。

せっかく帰ってきたタッ君達に、危害が加えられなくてホッとした。

一時間後、一通のショートメールが届くまでは。

【お前の弟を殺されたくなかったら俺の家に来い】


どうにも私は、男の子に揶揄《からか》われやすい体質をしているらしい。

小学生の頃は、学校中の男子生徒に揶揄われていたし、スカートなんて履こうものなら毎分捲《めく》られる始末。

弟が居なくなってからは、同情心からか直接的なイジりは少なくなったけど、それでもゼロにならないレベルで揶揄われていた。

友人が言うには、私は嗜虐心《しぎゃくしん》をそそる見た目をしているそうで、どうしてもイジメたくなっちゃうらしい。

同性愛の気がある女友達が、割とガチ目に襲ってきたこともあったから……たぶん間違ってないと思う。

そんな私が大神君に目をつけられたのは、今の高校へ入学して、半年が経った頃。

彼は私のいじめられっ子体質に引き寄せられたのか、執拗《しつよう》に粘着してくるようになった。

急に私を怒鳴ったり、小突いたり、物を投げたり。

初めの頃は、一時のモノだと思って、何をされても黙って我慢していた。

大神君の悪い噂は聞いていたし、刃向かったり拒んだりしたら、何をされるか分からなかったから。

だから、彼が興味をなくすまで我慢を続けてた。

それなのに……私を揶揄っていく内に、大神君は自分の女になれとか言い始めた。

なんでだよぉ……。

勘弁してほしかった。

こんなことになるなら、もっと全力で拒否すればよかった。もっとも拒否したところで、事態が改善したかは分からないけど。

毎日、毎日、自分の女になれと脅迫される日々。

誘いを断ろうものなら、腹いせに同級生が殴られる日々。

私が殴られるのではない。

クラスメイトを殴ることによって、大神君は間接的に私を追い詰めていった。

同級生は優しく、身を挺《てい》して私を守ってくれたけれど、それが私をさらに追い詰めた。

私のせいで同級生が傷つく。男子だろうが女子だろうが関係ない。私を庇った瞬間、大神君に暴力を振るわれる。

それが辛くて、私は学校へ行けなくなってしまった。

弟を失った喪失感を埋める、学校という最後の心のよりどころが奪われ、私の心は折れたのだ。

そうだった……。

タッ君が帰ってきた喜びで忘れてた……。

私は……不登校だったんだ……。

「え？　試験勉強終わったの？　早すぎじゃない？」

「ふへへぇ～。アタシの力を持ってすれば、余裕のよっちゃんなんだよぉ～。編入試験とかなんぼのもんじゃ～い！」

「俺、まだ三割くらいしか終わってないのに……」

デパートから帰ってきた私達は、少し遅めのおやつを食べていた。

タッ君とナタリーちゃんは、今日の勉強の手応えについて盛り上がっている。

大神君と出会ったことは、すっかり忘れているようだった。

「そういえば、タカスィも早めに勉強切り上げてたよねぇ～。なんでぇ～？」

「ナタリーが立ち読みを止めたあと、すぐに店員さんから注意されたんだよ。いつまで立ち読みしてんだ！　出てけ！　って」

「あらまぁ～」

「まぁ、毎日朝から晩まで立ち読みしてたら怒られるわな……」

私の高校へ入ろうと頑張る二人の姿を見て、胸が締め付けられる。

私の高校には、あいつがいる。

大神という悪魔が。

「でもさぁ……ナタリーが立ち読みしてる時は店員さんニコニコ笑ってたのに、なんで俺が一人になったら急にキレ出したんだろ？　すげえ剣幕で怒られたんだけど」

「そりゃあアタシには美少女割引が適用されてっからねぇ～。しかも女子高生予備軍だから仕方ねぇよぉ～」

「なんでやねん……俺だって遠目から見れば可愛い顔してんじゃん……」

今日のことで、二人の面は割れている。

仮に今、私が学校を辞めたとしても、タッ君とナタリーちゃんを使って、私を呼び出そうとするだろう。
大神君が、私のウィークポイントを突かない筈がない。
間違いなくタッ君達に危害が及ぶ。
それだけは…………耐えられない。
せっかく生きて戻ってきてくれたのに……辛い思いなんてさせたくない。
タッ君達を巻き込みたくない。
もう、私が覚悟を決めて彼の誘いに乗ればいいのだろうか？
それしか……ないのかな……。
「姉さん。姉さんは俺のこと可愛いって思うよね？」
「あははは！　気にしすぎだろタカスィ～。あははは」
そうだ。
私が我慢すれば、それでいいんだ。
いつまでも逃げ続けていたら、私の大切なものが壊されていく。
それなら私が耐えればいいんだ。
そう。
それがいい。
「姉さん？　ぼーっとしてどうしたの？　俺の話聞いてる？」

目の前に、タッ君の顔が近づく。

もう少しで鼻先が触れ合うというところで、私は二人に呼びかけられていたことに気が付いた。

「うぇっ？　え？　あれ？　ん？　な、何？」

「お姉ちゃん、動揺しすぎじゃな～い？」

「帰ってからずっとその調子だけど、何かあったの？」

タッ君達の疑問に、私は慌ててしらばっくれた。

「な、なんのこと？　べ、別に、い、いつも通りだけど？」

「誤魔化すの下手すぎない？」

薄く笑うタッ君の横で、ナタリーちゃんがお菓子をパクパク食べながら指摘してきた。

「大方、昼間の男のことで悩んでたんでしょ～？　あいつに会ってから、お姉ちゃん明らかにおかしくなったもんねぇ～」

「ち、ちがっ……そ、そんなこと……」

「そういえば姉さんに付き纏ってるとか言ってたよな。アイツってストーカーなの？」

ナタリーちゃんの一言で、タッ君の顔が険しくなっていく。

二人を巻き込みたくない。

な、なんとか話を変えないと。

「ち、違うよ！　二人が心配するようなことなんて何もないから！」

「デパートから帰って、一言も喋らなくなったのに何もないの？」

「っ……！　ち、ちょっと考え事をしてただけだよ！　考え事を……ちょっと……」

「そんな泣きそうな顔で考えることって何？」

「っ……!!」

的確な指摘に動揺する。

まさか、タッ君がそこまで私のことを見ているなんて思わなかった。

今の一言で、半ば覚悟を決めていた私の感情が揺らぐ。

助けてほしい。

巻き込みたくない。

救ってほしい。

関わらせてはならない。

相反する二つの感情が、私を襲う。

何も言えず俯《うつむ》いていると、タッ君が優しい声で呟いた。

「姉さん。悩みって一人で解決しようとするより、周囲に打ち明けたほうがいいんだよ。一人で抱え込むと視野が狭まって、正しい対処が出来なくなるからね。それに相談してみたら、案外簡単に解決出来たりすることもあるし」

視界が滲んでくる。

ここで泣いたら、私が悩んでいるのが決定的になってしまう。

だから泣いたらダメなのに、タッ君の優しい言葉に、感情が言うことを聞いてくれない。

「取り敢えず言ってみてよ。家族なんだからさ」

「……………あ……うあ……あぁぁ……」

その一言で、私の心は決壊した。ポロポロと大粒の涙が溢《こぼ》れ落ちる。

こうなってはもう、隠すことなんて出来ない。

巻き込んでごめんなさい、という罪悪感と、聞いてくれてありがとう、という深い感謝の念でぐちゃぐちゃになりながら、私は今の状況を二人に相談した。

5

「とんでもない男だな」

「ホントだね」

姉さんから事情を聞いた俺達は、大神とかいう男に呆れてしまっていた。

思っていた以上に、姉さんは面倒くさい男に付き纏われている。そりゃあ無言にもなるワケだ。

「ってかさ、どんな育ち方をしたら、そこまで外道になれんの？　笑えないレベルのクズじゃん」

「こういうエネルギッシュな男にこそ、戦場に来てほしかったよね。ま、アタシがすぐ戦死させるけど」

ナタリーも相当嫌悪しているのか、人差し指でこめかみをトントン叩きながら、不快感を露《あら》わにしていた。

ちょっとヤバいな………。

ナタリーに、ここ最近見せなかった嫌な癖が出始めている。大神とナタリーが再び接触したら不味いことになるかも。

「それでさっき、ショートメールで呼び出されたんだけど……」

そう言って、スマホをこちらへ向ける姉さん。

ディスプレイには、姉さんが来なければ俺を殺すという文字が浮かんでいた。

殺すねぇ………。

「ふーん」

「な、なんかアッサリした反応だね……タッ君怖くないの？」

「怖い？」

「だって大神君が脅してきてるんだよ？　あの人に目を付けられて怖くないの？」

「その発想はなかったなぁ……」

冷静になって考えてみれば、あの体格の男に詰め寄られるのは恐ろしいことだろう。姉さんなんて特に華奢だし。

ずっと戦場に居たから、その辺の感覚が鈍ってるな。平和な日常の思考に追いついていないっていうか。

掲げられたスマホを眺めながらそんなことを考えていると、姉さんが申し訳なさそうな顔で呟いた。

「それで……タッ君に危害が及ぶくらいなら、私が呼び出しに応じたほうがいいのかなって考えてて……」

「何言ってるんだよ姉さん……」

完全に視野が狭まっている。

大神が望む展開に突き進むのは止めてほしい。ちゃんと悩み聞いておいてよかったわ。

「あのさ、こんなの無視すればいいんだよ無視すれば。相手にしちゃダメ」

「え、え？　い、いや……だって……無視したら、どんな目に遭わされるか……」

「それなら警察に相談すればいいじゃん。その為の警察なんだから」

「け、警察？　警察……」

顎に手をあてて、姉さんが何かに悩むような仕草をする。

「警察に通報なんてしたら、それこそ酷《ひど》い目に遭わされると思うんだけど……仮に捕まってもすぐに釈放されるだろうし……絶対に恨みも買うだろうし……」

「じゃあ無視でいいよ。ちょっとスマホ貸して」

目の前にあるスマホを奪い、スッスッと操作する。

二分ほどで完了したので、呆気《あっけ》にとられている姉さんにスマホを返した。

「はい。これでおしまい」

「うぇ⁉ え？ タ、タッ君何したの……？」

「着拒と受信拒否。あと警察に通報するから震えて眠れって送ってやった」

「タ、タッく――――――ん⁉⁉」

「あはははは‼ タカスィいいぞぉ～！ いいぞぉ～タカスィ～！ あはははは‼」

ナタリーが手を叩いて笑う。俺の対応で溜飲《りゅういん》が下がったようで一安心。

「な、何してるのよぉ～……まずいよぉ……まずいよぉ～……」

「大丈夫だよ。姉さんは心配性だなぁ」

「タッ君は、大神君の怖さを知らないからそんなことが言えるんだよぉ～……」

「デージョーブだって。オラにまかせろ。基本的に俺とナタリーが一緒にいるんだから、姉さんが何かされるってことはないよ」

「そ、それじゃあタッ君とナタリーちゃんが危ない目に遭うじゃん……」

うるうるとした瞳で、俺を睨《にら》みつける姉さん。

全くこの人は……自分のことより、人の心配ばっかりして……。

可愛らしく怒る姉さんを、安心させるように笑いかける。

「なんとかなるって！」

「ならないよぉ～！」

ダイニングに、姉さんの叫び声が響いた。

◇◇◇

「あぁ!? ふざけんなゴラァァァ!!」

内容を確認した瞬間、大神天河は手に持っていたスマホを投げつけた。

壁にあたると同時に、画面にヒビが入る。

「あぁぁぁ!! 舐めやがってクソがぁぁぁ……クソがぁぁぁ!!」

苛立《いらだ》ちを抑えられないのか、ドカドカと壁を殴りつける。

彼がここまで怒っているのには理由があった。

今しがた届いた一通のショートメール。

内容は警察に通報するといったモノだったのだが、それを平気で送ってきたことに苛立ちを抑えられなかった。

しかも、それも送ってきたのは、あの四分咲花梨。

人に意見することが苦手そうな、あの女だ。

自分に対する舐めた行動に、大神の理性が失われていく。

彼はこれまで、何人もの同級生を破滅させてきた。

反抗出来ないよう、言うことを聞かなければ本人ではなく身内を襲うと脅し、残虐の限りを尽くしてきた大神にとって、常套手段《じょうとうしゅだん》が効かなかったのは許せないことだった。

あまつさえ、警察に連絡すると言われる始末。おちょくるような口調で書かれた内容が、彼の苛立ちを一層加速させる。

思い通りにならない展開に、大神は殺意を覚え始めた。

徐々に、思考が危険なものへと塗り替わっていく。

壊してやる。

全てを壊してやる。

目の前で弟を壊しながら、気が狂うまで花梨を犯してやる。

あの白人の女も同じだ。

生きてることを後悔するほど、犯してやる。

弟に、姉の痴態を見せるのも面白いかもしれない。花梨の反応が楽しみだ。

俺を舐めたことを後悔させてやる。今際《いまわ》の際《きわ》まで後悔させてやる。

死ぬまで。

彼は下卑《げひ》た笑みを浮かべ、投げつけたスマホを拾いに行く。

ヒビ割れた画面を操作しながら、早速仲間を呼びつけた。

6

翌日。

俺と姉さんとナタリーは、昨日とは違う本屋へと向かって歩いていた。

昨日の一件で姉さんは外に出るのは危ないと言っていたが、編入試験が迫っている今、家に引き籠もっているワケにもいかない。

夢のスクールライフを送れなくなってしまうのは勘弁、と姉さんを強引に説得し、三人で外出をすることになった。

本当は、ナタリーと姉さんには留守番してもらおうと考えていたけれど、万が一、留守中に大神が訪れたら最悪な結果になると思い、予定を変更した。

ナタリーのことだから、そんな状況に陥ったら絶対容赦しないだろう。

帰ってきて、家の前に沢山のパトカーが停まってるとかイヤだからな。大神の為にも、今日は三人で行動しよう……って思ってたのによぉ――。

「タカスィ～。尾《つ》けられてるよぉ～」

「知ってる」

徒歩で移動する俺らの後ろを、三人の男が尾行していた。

歩き方や重心の移動から見て、全員ツールナイフのような物を携帯しているっぽい。

尾行には慣れていないようで、かなり粗さが目立つ。ナタリーにはともかく、俺にここまで気付かれるのはダメだろ。

まさか昨日の今日で、行動に移してくるとは思わなかったな。思い立ったら即実行出来る、フットワークの軽さに感心する。

「うっとうしい連中だなぁ～。タカスィ～。ヤっちゃっていい～？」

「お前がヤったらヤリすぎるだろ。穏便に済ませたいからちょっと待ってろって」

ナタリーを宥《なだ》めつつ、人気のない道へと進路を変える。

姉さんが、キョトンとした顔で呟いた。

「え？　タッ君どこへ行くの？　本屋さんこっちじゃないけど」

「先に、姉さんの心配事を片付けようと思って」

「え？　え？　ど、どういうこと？」

「いーからいーから」

そう言って、戸惑う姉さんの背中を押す。

それに釣られるように、尾行する男達もついてきた。


人気のない脇道に入って数分、急に現れたワンボックスカーに横付けされる。

「な、何!?　え？　え？　な、なんなのぉ？」

突然の展開に、可愛い声で震え上がる姉さん。

その隣で、半笑いを浮かべるナタリー。

この差よ。

慣れって怖い。ナタリーとシェリーで鍛えられていたから、姉さんの反応がすごく新鮮。

乙女の可愛い反応に感心していると、車から大男が降りてきた。

大神君の登場だ。

「四分咲ぃぃぃ!!　オラァァァァ!!　ウラァァァァ!!」

目出しの覆面を被《かぶ》っているが、ピチピチのシャツと語彙力《ごいりょく》のない恫喝《どうかつ》から、大神で間違いないだろう。

体格も同じだしな。顔隠す意味ないと思う。

彼の登場に絶句する姉さんと、静かに臨戦態勢に入るナタリー。

慌てて彼女達の前に歩み出る。

ナタリーの動向だけは注意しないとな。次の瞬間、死体の山ができちゃうし。

「あぁ!? んだテメェェ!! 殺されてぇのか!?」

「女の前だからってイキってんじゃねぇぞコラァァ!!」

「殺してやっから車乗れやぁぁ!!」

俺が前に出たことで、何を勘違いしたのか大神の仲間が吠《ほ》えた。

この人達バカなのかな？

「落ち着けって……そんな大声出したら通報されるだろ……」

「タ、タッ君!! 通報されていいんだよ!! 何言ってるのぉぉ!!」

もっともなツッコミをする姉さん。

姉さんの気持ちも分かるけど、今の状況で警察を呼んでも根本的な解決にはならないと思うんだよね。

ちょっと煽ったメールを送っただけでこれだよ？

それならここで、キッチリ話をつけたほうがいいってもんよ。

「お前さぁ、なんで姉さんを付け狙うの？ 好意を伝えるにしても、もう少しやり方ってモンがあるだろ」

「テメェコラァァァ!! 大神さんになんて口きいてんだぁぁぁ!! チョーシこいてんじゃねぇぞゴラァァァァ!!」

「そんなに騒いでたら大神君が喋れないでしょうがぁぁぁ!! 謝りなさい!! 今すぐ大神君に謝りなさい!!」

「…………………ぁ? え? い、いや、その、お、お、大神さん!! スンマセンした!!」

俺の冗談を、真に受ける子分A。

やっぱこいつらバカだ。

「テメェ……俺のことを舐めてるのか? あ?」

口を引き攣らせる大神。目が赤く充血している。

「は? 舐めたくねぇよ。お前臭そうだし」

「あぁぁぁぁぁぁぁぁ!?」

「えぇ……何その反応……ペロペロしてほしかったの?」

「そんなこと言ってねぇだろうが!!」

「じゃあなんでキレたんだよ……」

かまってちゃんか?

覆面越しでも分かるくらい顔を紅潮させた大神が、震え声で呟いた。

「ここまでおちょくられたのは初めてだ……テメェは絶対許さねぇ……絶対に……絶対に許さねぇ……」

フーッフーッと鼻息を荒くして、聞いてもいないことを話し始める。

「お前を壊しながら、四分咲を犯してやる……泣いても、喚いても、許さねえ……お前を拷問しながら、四分咲をとことん犯してやる……俺を舐めやがって……この世の地獄を見せてやる……」

「キミ気持ち悪いなぁ」

何この変態。いきなり性癖暴露してどうした？

世界で一番、気持ち悪い告白を聞いた気がする。

「タカシ」

ナタリーの心底不快そうな声が響く。

「何？」

「タカシは言ったよね？　高校生活を楽しくして、卒業の時にアタシを泣かせるって」

「言った」

「このクソが同じ学校に通ってるのに、アタシを楽しませることが出来るの？　卒業の時、アタシを泣かせられるの？」

「…………」

「タカシ。アタシは、コイツの居る学校には通いたくないよ」

「だよなぁ……」

同感だ。

実際目にして分かったが、コイツは俺が思っていた以上に歪《ゆが》んでいる。

姉さんへの嫌がらせも、口で言っただけじゃ絶対に止めないだろう。

どうすっかなぁ……。

「おいカス」

俺が悩んでいると、ナタリーが大神を指差しながら近づいていった。

「あぁぁ!? なんだテメェ!!」

「恥ずかしいと思わないワケ？　自分の欲望を満たす為に、仲間を集めて女を襲って。アタシがアンタなら情けなくて自殺するけど」

「あぁっっ!?」

「うっせぇなぁ……いちいちデカい声で癇癪《かんしゃく》起こすんじゃねぇよ……お姉ちゃんはアンタのママじゃないんだ」

そして大神の目の前に立つと、吐き捨てるように言い放った。

「ワガママはママに言いなよ。このマザコン野郎」

覆面越しだが、大神の顔つきが変わったのが分かる。

ギリッと歯軋《はぎし》りをし、握り締めた拳を振り上げる。

なるべく穏便に済ませたかったけど、もう無理だな。

溜息を吐いて、地面を踏み抜いた。

7

挑発するナタリーちゃんに、大神君がついに殴りかかる。

止める間もなく放たれた拳は、パンッという音と共に、ナタリーちゃんの顔を打ち抜いた。

打ち抜いたように、確かに見えた。

だって……ナタリーちゃんと大神君は私達から離れた位置にいたし、ナタリーちゃんが挑発してから殴られるまで、数秒もなかったから。

だから、大神君を止めることなんて誰にも出来ない筈なのに…………タッ君が片手で、大神君の拳を止めていた。

い、いつの間に移動したの？　気が付いたら、ナタリーちゃんの隣にいるんだけど。

それに、あの大男の拳を片手で受け止めるなんて…………ど、どうなってるの？

「ナタリーの言う通りだ」

タッ君のいつもと変わらない声が響く。

大神君の拳を握る以外、いつもと変わらない調子の声。

「こんなヤツが居たら、夢にまで見たスクールライフを送れなくなるよな」

「だろぉ～。シェリーも浮かばれねぇってぇ～」

「アイツ死んでねぇよ」

よ、様子がおかしい……。

ケラケラ笑い合う二人の横で、苦悶《くもん》の表情を浮かべる大神君。

摑まれている拳を押さえ、痛みに耐えるようにしゃがみ込んでいる。

ただ握っているだけ。

たったそれだけで、大神君の動きを止めていた。

「なぁ大神」

タッ君が、苦しむ大神君に声をかける。

歯を食いしばりすぎて血の滲んだ泡を口から出している大神君は、それどころじゃなさそうだ。

「お前が始めたことだからな。覚悟しろよ」

そう言って、摑んでいた拳を握り潰した。

骨の砕ける、グシャリと耳障《みみざわ》りな音が聞こえてくる。

同時に大神君を足払い。手を破壊されたショックで固まる彼を、勢いよく仰向けに倒した。

蹴りの音じゃないでしょ……ボガンっていう音がしたよ……ボガンって。

タッ君が、仰向けに倒れる大神君に向けて、拳を握り締める。

力を溜めるようにギチギチと握られた拳が大神君に向けて振り下ろされると、トラックとトラックが正面衝突したような轟音《ごうおん》が鳴り響いた。

鼓膜が破けそうな音と共に、大量の砂埃《すなぼこり》が舞い、アスファルトが衝撃によってめくれ上がる。

な、何この光景……。

怒濤《どとう》の展開に、私も含め、その場に居た人達は驚きで立ち竦《すく》むことしか出来なかった。

いや、ナタリーちゃんは違うな……ケロッとした顔で見てるし……。

しばらくして砂埃が晴れると、頭を抱えて縮こまる大神君が見え始めた。

手を破壊された痛みのせいか、今の衝撃が怖かったせいか、顔を歪ませながら涙を流している。

何かの間違いで隕石《いんせき》でも落ちてきたんじゃないかって思ったけど、やっぱり今の衝撃って、タッ君が原因だったんだね…………。

タッ君が地面に埋まった拳を引き抜くと、大神君の頭を掴み、片手で軽々と持ち上げた。

恐怖で震える大神君をつまらなそうに睨みつけ、小さく舌打ちをすると、周囲で腰を抜かしている取り巻きに向かって話し始めた。

「コイツの家まで案内してくれない？」

「……あ…………う…………」

「おーい。無視すんなよー。寂しい気持ちになるだろー」

「ひ、ひいいぃぃぃぃぃぃ」

全員、完全に怯えてしまっていた。

そりゃ、あんなワケの分かんない力を見せつけられたらそうなるでしょうね。私もちょっと漏らしちゃったし。

「タカスィ移動するのぉ～？　ここで追い込めばいいじゃぁん」

「いや……今の衝撃でコイツの鼓膜が破れたっぽいんだよね。話をしようにも会話にならないと思う」

「ダメじゃぁん。なんでわざわざ地面を殴ったんだよぉ～」

「死ぬほどビビらせようと思ったんだよ……思いっきりやりすぎて失敗したけど」

「おっちょこちょいだなぁ～」

「今の音で人が来ても困るから移動するわ。それにコイツもまだ高校生だから、ここから先の責任は親に取ってもらうことにする」

「アタシもついて行こうかぁ～？」

「さすがに俺一人で大丈夫だろ。ナタリーは姉さんと一緒に遊びにでも行ってて。明日の朝には帰ってくるから」

「分かったぁ～」

相変わらず、気の抜けたトーンで会話をする二人。

道路を素手で粉砕しているのに、いつもと変わらない調子で話す姿を見て、初めて私は彼らの異常性を知った。

「せ、戦場で、タッ君の身に何があったの……？」

「それじゃ行くぞお前らー。大神みたいになりたくなかったら言うこと聞けよー。逃げようとしても無駄だからなー」

「ひぃいいいいいいいいい」

「ビビるなって。ちゃんと言うこと聞いてくれたら帰してやるから」

「ほ、本当ですか⁉」

「用があるのは大神だけだからな。手伝ってくれるなら五体満足で帰してやるよ」

「わ、分かりました‼」

震える大神君を取り巻きが囲い、乗ってきた車へと押し込む。

「それじゃあ、ちょっと行ってくるね」

そう言ってタッ君も車に乗り込み、どこかへと走り去ってしまった。

取り残されたのは、私とナタリーちゃん。

「お姉ちゃ〜ん。スイーツでも食べに行こうぜぇ〜」

何事もなかったかのように笑う彼女を見て、私は呆然《ぼうぜん》とするしかなかった。

次の日の朝、普通に帰ってきたタッ君に、外へ出るよう促された。

色々聞きたいことがあったのだが、タッ君がとにかく外に出るよう言ってくるので、仕方なく玄関先に出ると、大神君とそのご両親に土下座で待ち構えられていた。

私の姿を見るや否《いな》や、大声で泣き叫びながら謝罪の言葉を捲《まく》し立てる。

地元では名士と名高い大神家が、見る影もないほど惨めに泣き叫んでいた。

「大神の親に事情を話したら、とにかく姉さんに謝りたいって言い出してさ」

ほ、本当ぉ？

大神君の悪事を揉み消してきたご両親が、事情を話しただけで謝りに来るなんて考えられないんだけど……。

それに、さっきから三人の震え方が尋常じゃない。

化け物を見るような目で、タッ君のことをチラチラ見ている。

一体、どんな話をしたらこんなふうになるんだろ……。

「四分咲さん！　本当に申し訳ありませんでしたぁぁぁ!!」

「ウチのバカ息子が本当にすみません！　な、なんでもしますので命だけは……命だけはご勘弁を!!」

大神君のお父さんとお母さんと思われる人が叫ぶ。

な、何これ……なんで命乞いされてるのよ……。

「お姉ちゃ～ん。コイツらなんでもするってぇ～。取り敢えず、指でも切り落とすぅ？」

「お、落とさないよぉ！」

え～、魚の餌にしようよぉ～と笑うナタリーちゃん。

笑えない冗談は止めてほしい。ナタリーちゃんが言うと冗談に聞こえないし。

「こういう時はお金だよね。はい、通帳」

「な、何これ？」

タッ君に、使い古された通帳を何冊か渡される。

印鑑もあるね…………こ、これってまさか…………。

「コイツらの預金だよ。ここから幾らでも下ろしていいって」

「こんなの貰《もら》えないよぉ!!」

よくよく見てみると預貯金だけじゃなくて、定期や保険まである……全部かき集めて来ましたって感じだった。

「お姉ちゃ～ん。お金は貰っておいたほうがいいんじゃないのぉ～。迷惑はかけられたんだしぃ～」

「そうだよ姉さん。これは貰う権利があるよ。なぁ？」

話を大神君一家へと振るタッ君。

耳の聞こえない大神君以外、見て分かるくらいビクッとしていた。

「も、もちろんでございます！　す、全て差し上げます……」

「だってさ」

「えぇ………」

シクシク涙を流す大神家を見ていると、完全にタッ君が脅しているのが分かる。

ホント……一体どんな話をしたのよ……。

「お、お金なんて要らないよ！　ちゃんと謝ってくれたんだし！」

「え？　タダで許すつもり？」

「そうだよ！」

このお金貰ったら、あとでまた恨みを買いそうじゃん。

やだよ私。穏やかに暮らしたいよ。

「ナタリー聞いた？　何もしないんだって。大和撫子《やまとなでしこ》が居るよ」

「はぇ～。優しい優しいって思ってたけど、お姉ちゃんの優しさは天井知らずだねぇ～」

「最低でも去勢しろって言うとは思ってたのに……このペンチ必要なかったな」

ポケットから大きめの工具を取り出して、床に置くタッ君。それで何するつもりだったのよ……。

「ほ、本当にありがとうございます！　これからは心を入れ替えます！」

私達のやり取りを聞いた大神君のお父さんが、ほっと胸を撫で下ろしていると、タッ君の冷たい声が突き刺さる。

「姉さんはああ言ってるけど、まさかこのまま帰れると思ってないよな」

「え？」

「お前の息子があれだけのことをしてきたのに、何もペナルティがないワケないだろ。聞いた話じゃコイツのせいで、何人もの人生が滅茶苦茶になったみたいじゃん」

「ぁ……う……」

タッ君が目線を合わせるようにしゃがみ込むと、底冷えのするような声で呟いた。

「ここにある全ての金をその被害者に配れよ。そしてすぐに引っ越して、二度と戻ってくるな」

「は、はい……」

「少なくとも関東、中部、近畿には二度と立ち寄っちゃダメだからな。お前らの顔なんて二度と見たくないんだから」

「わ、分かりました……」

俯いて、頭を下げる大神君一家。

かなり無茶苦茶言っているのに、聞き分けがよすぎて怖くなる……。

「今日中に引っ越しすること。明日以降見かけたら怒るからね。はい、解散！」

タッ君が手をパンッと叩くと、彼らは弾《はじ》かれるように起き上がって走り去った。

暴君と言われ、誰にも止めることが出来なかった大神君の面影はどこにもない。

「野暮用も終わったし、試験勉強を再開するかな〜」

隣で大きく背伸びするタッ君の手によって、それは大きく変わってしまったようだ。

8

大神の一件から一週間後、俺とナタリーの編入試験は無事に終わった。

俺の学力はかなりギリギリだったから不安だったけど、試験自体は結構簡単なモノで、問題なく終えることが出来た。

体感九割解けたから大丈夫だろ。たぶん。

ちなみにナタリーは余裕だったらしい。さすがだわ。

帰宅して、ナタリーとこれからの高校生活について雑談していると、姉さんが神妙な面持ちで乱入してきた。

口をへの字につぐみ、可愛い困り眉を寄せて。

何この顔。怒ってるのか？

姉さんのいつもと違う様子に困惑していると、彼女はビシッと俺を指差した。

「タッ君！　編入試験が終わったんだから教えてもらうよ！」

「何を？」

「タッ君の体のことだよぉ！」

真っ直ぐ俺を見据える姉さん。どうやら俺が改造されていることに勘付いてるっぽい。

「なんのことだか分からないんだけど」

「とぼけないでよ！　戦場で絶対何かされたんでしょ！　じゃなきゃ、人の力でアスファルトなんか砕けるワケないじゃない！」

「普通だよ普通。だって愛する姉さんが酷い目に遭ってたんだよ？　火事場のクソ力で地面くらい叩き割れるって」

「あ、愛…………い、いや！　誤魔化されないからね！　私もタッ君を愛しているけど、今は質問にちゃんと答えてもらうんだからぁ!!」

顔を真っ赤にして、首をブンブン振る姉さん。

相変わらず揶揄い甲斐のある反応をしてくれる。仕草の一つ一つが可愛いっていうか。

「タカスィ〜言っちゃえばぁ〜。ここまで疑われたら誤魔化せないだろぉしぃ〜」

ナタリーが煎餅を頬張りながら、ヘラヘラと笑った。

まぁそうだよな。

アスファルトをぶち抜いた時点でやっちまったって後悔していたし、姉さんから絶対問い質《ただ》されるって思ってはいた。

むしろ、試験が終わって落ち着くまで何も聞かないでいてくれたことが嬉しいわ。さすが大和撫子。気遣いのプロ。

「父さんと母さんには内緒にしてくれる？　これ以上、心労を増やしたくないからさ」

「あ……うん。分かった」

どっから話すかなぁ……。

軍事機密になってるから、一から十まで話すのはさすがに不味いだろう。かと言って、掻《か》い摘《つま》んで話してもワケ分からないのが悩みどころ。

「姉さんは俺の参加してた戦争について、どこまで知ってる？」

「スペースインベーダーが襲ってきたってくらいしか知らない……タッ君が無事かどうか知りたくて、ネットで散々調べても、情報なんて全く出てこなかったし」

「へぇ～。情報規制されてたんだねぇ～」

戦争について殆《ほとん》ど知らないようだな。下手に伝えると姉さんも軍の管理下に置かれそうだから、喋っても問題のない範囲で説明するかね。

「結論から言うと、俺とナタリーは軍に体を改造されたんだよ。宇宙人を殲滅《せんめつ》する為に、徹底的に」

「…………え？　か、改造？」

「訓練もしていない中学生の俺を戦地に送るって、普通に考えたらおかしな話だからね。改造人間にする為に、適性のある人間を選出してたってワケ」

目を見開き、口をパクパクさせる姉さん。

おずおずと俺の手を取り、信じられないような表情で手のひらを揉み始める。

「か、改造って、機械になってるってこと？」

「機械化のヤツもいるけど、俺のはちょっと違って……色んなモノを取り込んで身体能力を上げてるんだよね」

「た、確かに、手は柔らかいしあったかい……色んなモノって何？」

「ん～……ちょっと教えられないかなぁ……」

「ぁ……ダメなんだ……」

さすがに引くと思う。

宇宙人の細胞を大量に取り込んでいるなんて、とてもじゃないけど言えなかった。

冷静に考えてみれば軍もムチャクチャしてる。人としての良心を全部捨てているとしか思えない。

まぁ、生き残る為には仕方がなかったんだろうけど。

「じ、じゃあ改造された結果、アスファルトを砕けるほど、強くなったってこと？」

「そんなとこ」

「それだけじゃないぞぉ〜。タカスィはすごいんだからぁ〜」

嬉しそうに微笑むナタリーが、余計なことを言い始めた。

「タカスィの適応能力ってぇ〜、歴代兵士の中でも群を抜いて異質だったから、全ての試薬を副作用なしで受け入れたんだよぉ〜」

「ナタリー」

「それによって常軌を逸した怪力と、異常なまでの耐久力を身につけて、対宇宙人戦の切り札になってたんだぁ。人類の最終到達点《アライバルポイント》って呼ばれるくらい有名だったんだからぁ〜」

「ナタリー」

「実際、タカスィの活躍はすさまじかったんだよぉ〜。タカスィが参戦してから戦況も大きく覆《くつがえ》ったし、デネブ撤退戦とか、湾岸海峡防衛戦とか、タカスィが居なかったらアタシもシェリーも――」

「お前、俺が言葉選んで喋ってんのに、軍事機密ペラペラ喋ってんじゃねぇよ」

ピシピシと頭をチョップする。

ナタリーは、えへへ〜、いいじゃ〜んと嬉しそうに笑いながら、再び煎餅を食べ始めた。

お前、軍のことをホント舐めてるよな……。

アイアンクローに切り替えて頭を揉みほぐしていると、姉さんが戸惑った様子で尋ねてきた。

「ひ、一つ聞いていい？」

「何？　姉さん」

「タ、タッ君は人間だよね？」

どういう意味で言ってるんですかねぇ……言いたくなる気持ちは分かるけど。

「……化け物って言ったらどうする？」

不敵に笑みを浮かべる。

いつもの、ちょっとした冗談のつもりだったが、姉さんは俺の笑顔に釣られなかった。

表情を崩さず、真顔で俺と向き合う。

「何も変わらないよ………」

「ん？」

一言呟いたかと思うと、声を震わせながら言葉を続けた。

「わ、私……が……普通に生……活してる裏で……と……とんでもない……ことになってたんだね……」

真顔だと思われた顔から、ぽろりと大粒の涙が溢れ落ちる。

「タッ君は……どんな体になっても私の家族だよ……ナタリーちゃんも……」

ポロポロ、ポロポロと涙を流し、首筋に抱きついてきた。

「どんな体になっても！　私達は家族だから！　今まで私達の為に戦ってくれてたから！

今度は私が守るから！　絶対に！　絶対にっ…………‼」

そして、震える声が嗚咽へと変わる。

「わ、私達の為に……ヒック……本当に……ありがとうございました……うぅ……うぇぇぇぇぇぇん」

うわーん、あーんと泣き出す姉さん。

その姿に、俺とナタリーは思わず顔を見合わせる。

改造を嫌悪されることはあっても、改造したことを感謝されるなんて思ってもみなかった。

軍では誰にも言われなかった言葉を、まさか姉さんに言われるとは。

俺達にとって、一番聞きたかった言葉を……。

「お姉ちゃんは、本当に優しい人だねぇ～。えへへ～……嬉しいなぁ～……」

ナタリーが普段見せない優しげな表情を浮かべる。

相当嬉しかったのだろう。瞳が若干潤んでいる。

「この姉さんの通う高校に、これから通えるんだ。絶対楽しくなるよ」

「…………そうだね」

「平凡で楽しい高校生活を始めようぜ！」

「うん！」

チューチュー首筋を吸う姉さんの頭を撫でながら、ナタリーと笑い合う。

大神っていう些細《ささい》なトラブルがあったけど、全て解決した今、あとは楽しむだけだ。

これ以上トラブルに巻き込まれることなんてないだろう。

俺とナタリーの、物語にすらならない、平凡な日常が始まろうとしていた。


とその時は思っていた。


考えが甘かった。

マジで甘かった。

幼馴染《おさなな》染《じ》みとの感動の再会の時にナタリーのせいで修羅場になったり、軍から仲間が訪日していきなり俺の高校へ編入してきたり、戦地の慰安ショーで知り合った国際的歌姫が訪ねてきたりと、騒々しい日常が始まるなんて思ってもみなかった。

3. 戦地から帰ってきたタカシ君。普通に幼馴染と再会したい

1

過ごしやすい爽やかな五月晴れの日々が過ぎ、梅雨冷えの感じる肌寒い六月。

梅雨時期に突入し、どんよりとした天候が続く中、それを吹っ飛ばすような喜ばしい出来事があった。

ふっふっふっ。

なんと、姉さんの通う私立水蓮寺《すいれんじ》高校から、編入試験の合格通知書が送られてきたのだ！

わーい。やったー。よかったー。

大丈夫だとは思っていたけど、やっぱり書面で合格って文字を見ると安心する。ここで落ちてしまったら、「俺の分まで平和になった日常を楽しんでくれ」って言ってくれた英雄達に顔向け出来ないし、本当によかった。

マジで、ここまで緊張したのは久しぶりだ……ここ最近、こんなにプレッシャーを感じることはなかったから、肝が冷えたっていうか。

取り敢えずこれで一安心。一番の難所を超えてホッとする。

あとは楽しむだけっすわ。

そう喜んだ矢先、ちょっとやらかしてしまった。

別に悪気があったワケでもないし、わざとやったワケでもない。

特に何も考えず、むしろよかれと思ってやってしまった俺の行動が原因で……母さんをめちゃんこ泣かせてしまった。

やってしまったあとで気付いた。アホだろ俺は。

やっぱり俺の常識って、この三年間でだいぶ変わってしまっているんだな。

もっと意識して子供らしくしなきゃと、本気で反省した。


ことの発端は、合格通知が届いた翌日。

ニコニコと笑っている母さんに、呼び止められた時から始まった。

なんでも母さんは、俺が生きて帰ってきた時の為に、色々と準備をしてくれていたみたいだ。

学費の積み立てや、契約を済ませてあるスマホの用意、即日仕立てを行ってくれる制服専門店の手配。

帰還したらすぐにでも学校へ通えるようにと、母さんはそれら諸々を事前に準備してくれていた。

それを聞いて、めちゃんこ焦った。

しかもかなり念入りに準備していたようで、さらに焦った。

学費については、なんと三千万近く貯《た》めてあった。母さんが言うには、どこの学校を選んでもいいようにと、多めに貯めてたらしい。

制服専門店へは、息子が帰ってきたら即日対応してほしいと、毎年頼み込んでくれていたようだ。普通、制服は注文してから手に入るまで、数週間かかるのが一般的みたいだから、編入が遅れないように対策を取ってくれていたようだ。

そして、スマホについては最新機種のヤツを用意してくれていた……俺が喜ぶだろうと思って……毎年新機種が出る度に、新しいものに買い替えていたらしい……。

………………うん。

ごめんなさい。

知らなかったんです。

そんなことをやってくれていたなんて、全然知らなかったんです。

言い訳をさせて下さい。

合格と分かった瞬間、ちょっとテンションが上がってしまったんです。夢見た高校生活が実現すると思って、ちょっと興奮してしまったんです。

だから〝自分の貯金〟から、入学金と授業料を振り込んでしまったことに悪意はなかったんです。決して母さんの想いを、ないがしろにする気はありませんでした。

まぁ……勝手に私立へ編入すると決めちゃったから、家計を圧迫しても困るし学費くらいは出そうって思ってたけど……。

徴兵されて三年、結構な額の給料が国連軍から支払われていたから、金銭感覚がバグっていたのもいけなかった。

軍が悪いんだよ。軍が。俺は悪くない（震え声）。

スマホも、まさか買ってくれているなんて思っていなかったから、学費を振り込んだ足で、適当なヤツを買ってきちゃったし……。

言い訳ですね。ごめんなさい。

正直、本気で後悔しているんです。

まさか母さんに、合格おめでとうって泣かれながら、入学金を振り込むから書類を見せて、って言われるなんて思っていなかったんです。

既に持っているのに、「これ、タカシの為に用意した最新機種のスマホよ。ナタリーちゃんの分も用意したから、二人で仲良く使ってね」と言って、俺の持ってるヤツより数段スペックの高いスマホを渡されるなんて、想像すらしていなかったんです。

タカシには辛い思いをさせてきたから、これからはお母さんにいっぱい甘えていいんだからね、って嬉しそうな笑顔を向けられた時は、自分の親不孝っぷりに申し訳ない気持ちでいっぱいになったんです。

ホントごめんなさい。

ホントに悪気はなかったんです。

帰還するまで、自分のことは自分でやらなきゃいけなかったから、その延長線で動いちゃっただけなんです。母さんを悲しませるつもりなんて全くなかったんです。

そう後悔しても、あとの祭り。

結局、俺が勝手に入学金を振り込んだことや、スマホを購入してしまったことがバレて、母さんにめちゃんこ泣かれてしまった。

もっとお母さんを頼りなさい！　勝手なことをしちゃダメ！　ってめちゃくちゃ抱き締められた。

そんで、お父さんもお母さんも稼いでいるんだから、自分のお金をこんなことに使ったらダメ！　とも怒られた。

これからは親孝行しようって思っていたのに……ダメダメだな俺は。

今度からはちゃんと事前に相談しよう。あと、お言葉に甘えて、甘えさせてもらおう。

たぶんそれが、一番の親孝行になりそうな気がする。

咽び泣く母さんを見て、そう思った。


スマホを買ったあたりで思い出したが、帰還するにあたって、総監とちょっとした約束を交わしていた。

俺が帰還して通信機器を手に入れたら、必ず定期報告をするようにと念を押されていた。

当初は、定期報告なんかバックレようと考えていたが、「やってくれなきゃあぁ……軍の面倒くさい上層部を引き連れてぇ……定期的に日本へ伺いますからねぇ……」と脅されてしまい、結局了承するハメになった。

どんだけ束縛するつもりなんだよ。大好きか？　俺のことが大好きなんか？

そんな悪態を吐きつつ、今週の定期報告をする為に、スマホを操作する。

数回の着信音のあとに、総監と通話が繋《つな》がった。

「もしもーし。そーかーん。生きてるー？」

『も、もしもしですぅ！　生きてますよぉ！　えへへ〜、生きてますよぉ〜！』

電話越しに、総監の嬉しそうな声が聞こえてきた。

なんとなくだけど、尻尾をブンブン振るワンちゃんのイメージが浮かんだ。なんとなくだけど。

「早速報告するけど、こっちは特に問題ないよ。敢えて一つ挙げるなら、高校の編入試験に合格したくらいかな」

『あ、おめでとうございますぅ。ちゃんと合格出来たんですねぇ』

「ふっふっふ。すごいだろ〜」

すごいですぅ、という嬉しそうな声がスマホ越しに響く。

なんか、親戚のお姉ちゃんに電話してるみたい。定期報告っていうか、近況を連絡する感じになっている。

こんな平和的な定期報告は初めてだわ。まぁ、戦争も終わって平和になったんだから当たり前なんだけど。

「総監のほうはどう？　元気にやってる？」

『総監は元気にやってますよぉ。た、ただ……』

少し言葉を詰まらせる総監。

微妙に含みを持たせるような返答に、ちょっとイヤな予感がしてくる。

「ただ……？　なんかあったの？」

『あ…………い、いや！　べ、別に何もないですよぉ！』

「いやいやいや、その反応で何もないはないだろ。答えてよ」

『べ、別に何もないですよぉ！　ほ、本当ですよぉ……』

話し辛いのか、やたらと言葉を濁される。

軍で何かあったのか？　でも、ナタリーっていう一番の問題児がこっちに居るから、今までのようなトラブルは起こっていないと思うんだけど。

もう一人のトラブルメーカー、シェリーも故郷に帰ったようだから……あと問題を起こすヤツって言ったら……アリスやカタリナあたりか……？

いや、あっちの問題児共は兵長が面倒見てるから大丈夫だとは思う……ポートマンとか、他のメンツなら、総監が余裕で抑え込めるだろうし。

無言で考え込んでいると、総監が慌てたような声をあげた。

『ち、ちょっと一部の兵士の間でぇ、揉め事があっただけですよぉ。でもなんとかなったので大丈夫ですぅ。安心して下さいぃ』

「揉め事……？　誰がどう揉めたんだよ」

『ま、まぁ……いいじゃないですかぁ……なんとかなったんですからぁ……』

「そんな言い方されたら気になるだろうが……ったく……」

ここまで聞いて言わないってことは、大したことじゃないみたいだ。

総監の手に負えないほど酷いことになっているのなら、俺に相談してくると思うし。

『そ、それよりですねぇ！　ひ、一つ聞きたかったことがあるんですけどぉ、いいですかぁ？』

「聞きたいこと？　何？」

『あの……シェリーさんからぁ……そっちに連絡がいったりとかしてますかぁ……？』

急に話題をシェリーへと変える総監。

意図の読めない発言に、首を傾げる。

「何も連絡来てないよ」

『じ、じゃあタカシ君のほうから連絡を取ったりとかはぁ……』

「してないよ。だってアイツ、故郷に帰ったんだろ？　そっちで幸せに暮らしてるから、無理に関わっちゃダメって言ったのは総監じゃん」

『あ、あはは ぁ……そ、そうでしたぁ……それならいいんですぅ……』

なんか、やたら含みのあるような発言をしてくれるな……。

なんていうか、とんでもない失敗をやらかしてしまった子供が、親に報告するのを躊躇《ため》っている感じっていうか。

俺のこういう予想って大概当たるんだよな。まぁ、当たったところで、だから何？　って感じなんだけど。

「そーかーん。何を隠してるのか知らないけど、手に負えなくなる前にゲロったほうがいいぞー？　なんでも、手遅れになる前に対処することが大切だからなー」

『な、何も隠してませんよぉ……何もぉ……』

「強情だなぁ……ここまで忠告して言わないなら、別にいいけど……」

　これ以上、色々言ってもしょうがないか。

　総監もいい年齢の大人なんだから、自分のケツくらい自分で拭けるだろ。

「そういや総監って、いつまで総監やるつもりなの？　さっさと辞めて、総監も日本に来ればいいじゃん。一緒に遊ぼうぜ」

『辞めたいんですけどぉ……総監は元々軍人上がりの人間ですからねぇ……不本意ですが、このままずっと総監をやっていきますよぉ。機械兵達のメンテナンスについても、指揮しなければなりませんからねぇ』

「ふーん……大変だね」

『大変だって思うなら帰ってきて下さいよぉ～。お願いしますよぉ～』

「あははははは。イヤです」

　そんな感じで、定期報告という名の無駄話を重ねていった。

　本格的に始まる平穏な日常を前に、総監と、少しの間笑い合った。

2

「花梨。座りなさい」

大神君の一件から一週間後。お母さんに呼び止められて、私は居間のソファに腰掛けた。

随分神妙な面持ちだ。

タッ君が帰ってきてからこんな顔をしていたことなんてなかったのに、どうしたんだろう。

「急にどうしたの？　深刻な話？」

「深刻な話よ」

視線を流し、溜息を吐くお母さん。

ま、まさか……タッ君の身に、また何かあったんじゃ…………。

動揺して息を呑《の》む私に、お母さんが冷たい視線を送る。

「今朝、あなたの部屋からこんな物が出てきました」

そう言って、お母さんがテーブルの上にあるモノを置いた。

それは見慣れた、寒色系の布。

私が盗んだ、タッ君のパンツだ。

「な、な、な、何かの間違い！　間違いじゃないきゃなぁ！」

な、なんなの⁉　不意打ちだよこんなの！　動揺しすぎて呂律《ろれつ》が回らなくなったじゃん‼

情けない私の弁明に、お母さんは目頭を押さえ深い溜息を吐いた。

「タカシの徴兵を止められず、花梨には悲しい思いをさせたと思って何も言わずにいたけど、さすがにこれは不味いんじゃないの？」

「だ、だから！　間違って洗濯物が混ざってただけでしょ⁉　変な疑いかけないでよぉ～……もぉ～……やだなぁ～……」

勢い。こういう時は勢いが大切。大きな声をあげて、堂々としてれば誤魔化せる！

お母さんは私の反論に、へぇ……と一言呟くと淡々と言葉を続けた。

「これは何かの間違いで、花梨の部屋に紛れ込んだだけ……そう言いたいの？」

「そうだよぉ！　そうに決まってるじゃん！」

「実は一枚だけじゃないの」

「……………………あ」

さらに二枚、三枚とテーブルに置かれるタッ君のパンツ。隠し場所は変えていた筈なのに、全部お母さんにはバレていたらしい。

固まる私に、お母さんが汚物を見るような視線を向けてくる。

「何か言うことはあるかしら？」

「汚いよ……こんなやり方で嵌《は》めてくるなんて……」

「汚いのはあなたの性癖でしょ？　血の繋がった弟に何をしているか分かってるの？」

「別に普通だよ……こんなの……みんなやってるし……」

テーブルに置かれたタッ君のパンツを取り返そうと手を伸ばすと、お母さんに手を叩かれた。

「ち、ちょっ!?　か、返してよぉ～！　お母さんが呼び止めたせいで、今日はタッ君とナタリーちゃんのあとをついて行けなかったんだからぁ～。その上パンツまで取られたら、たまったもんじゃないんだけどぉ！」

編入試験に合格したタッ君とナタリーちゃんは、商店街へ制服の仕立てと、私服を買い揃《そろ》える為に出かけている。

いつものように、二人のあとをついて行って邪魔しようと思っていたのに、お母さんのせいで留守番するハメになった。お母さんのせいで！　お母さんのせいで！

「いい加減にしなさい！　自分の弟に発情して恥ずかしくないの!?」

「恥ずかしいワケないじゃん！　タッ君だって私のこと愛してるって言ったんだし！」

「家族としてって意味くらい分かるでしょ！　あの子は花梨を異性として見てないから！」

「あーっ！　あーっ！　あーっ！　聞ーこーえーなーいーっ！」

耳を塞いで聞こえないフリ。ホントうるさい。

お母さんは何も分かってない。私の純粋な想いが汚《けが》らわしいだなんて、ふざけてるにもほどがある。

「あの子だけは絶対ダメよ。お母さんは認めないから」

「別に認めてもらわなくていいよ……私とタッ君の問題だし……」

「タカシ以外の男を選びなさい。花梨の容姿なら、引く手数多《あまた》でしょ？」

「お母さんさぁ～……」

わざとらしく首を振り、失望するように肩を落とす。

「お母さん、私の体質忘れたの？　男の子にイジメられやすい体質。意地悪してこない男の子なんてタッ君しか居ないのに、他に誰を選べばいいのよ」

「タカシ以外にも一人くらい居るでしょ？　そういう男の人を――――」

「居ないから！　今まで誰も居なかったから！　お母さん、小学生の頃、スカート履いてないの私だけだったの知ってるでしょ!?」

履けば捲られて、下着まで下ろされる始末。そんな野獣共の中で、一体誰を選べばいいのよ。

私にはタッ君しか居ない。血の繋がりなんて、この際どうでもいい問題だ。

「花梨には倫理や道徳はないの？　タカシが嫌がってたらどうするの？」

「じゃあ逆に聞きますけど、タッ君が嫌がってなかったら私達の関係を認めてくれるワケ？　それならタッ君に直接聞くけど！」

「………ダメに決まってるじゃない。あの子、何も考えないで答えそうだし……」

「チッ」

タッ君なら、姉さんがいいなら別にいいんじゃない？　って軽く答えるだろう。

冷静なお母さんは、ちゃんとそこまで見据えていた。

さすが母親。能天気なタッ君の性格をよく理解してる。

その後も、私達がやいのやいの言い争いをしていると、ピンポンとインターフォンの鳴る音が響いた。

私とお母さんの醜い罵り合いが、一瞬止まる。

さすがにお客さんは放置出来ないのか、お母さんは私に向かって怒鳴りつけた。

「ちゃんと待ってなさいよ！　話し合いは終わったワケじゃないんだから！」

「はいはい！　分かりましたよ！　お母さんは早くお客さんの相手をしてよね！」

席を立つお母さんに、シッシと手を振る。

ムッカちゅくなぁ……なんで外野に、タッ君との関係を引き裂かれなきゃならないのよ……。

お母さんが戻ってきた時に向けて反論材料を整理していると、思いのほか早く声をかけられた。

「花梨。あなたにお客さん」

「私に？」

珍しい。同級生は大神君の件でウチに近づいてこなかった筈なのに……誰だろ。

席を立ち、玄関へ向かうと、一人の女の子が立っていた。

柔らかいウェーブがかかった髪を、七三分けにした真面目そうな女の子。

タッ君の幼馴染み、文香《ふみか》ちゃんだ。

「あ！　久しぶり！　今日はどうしたの？」

私が笑顔で迎えると、彼女はあからさまに動揺した。

なんで？

「ひ、久しぶりです……花梨お姉ちゃん……元気そうですね」

困惑しながら挨拶をする文香ちゃん。想像と違うんですけど……みたいな顔をしている。

「元気だよ。最近は食欲も戻ってきてるからね」

ギュッと拳を握って、元気アピール。

「げ、元気そうならいいんです……それより花梨お姉ちゃんは大神が引っ越したの知ってますか？　もうこの街に居ないようですよ！」

大人しい文香ちゃんにしては、珍しく興奮するように喋っていた。

「だから、また一緒に学校に行ければいいなぁって思って……みんな花梨お姉ちゃんのことを待ってますから」

大神君のことをわざわざ知らせに来てくれたんだ……優しい子だなぁ……。

「そうみたいだね。ちゃんと引っ越ししたみたいだし、また一緒に学校へ行こっか」

本当にあの一件の翌日に引っ越してたもんなぁ。タッ君のことが相当怖かったみたい。

言われた通り、私財も全部、被害者に配ったみたいだし。

「ちゃんと……？　花梨お姉ちゃんは知ってたんですか？」

不思議そうに首を傾げる文香ちゃんを見て、迂闊《うかつ》な発言をしたことに気付く。

タッ君が脅して引っ越しさせたなんて、口が裂けても言えない。変な噂になっても困るし、これから普通の生活を始めようとするタッ君の足枷《あしかせ》になってしまう。

っていうか、そもそも文香ちゃんにタッ君が帰ってきたことを伝えていなかった。

タッ君が徴兵された時、文香ちゃんも私と同じように泣き叫んでいたから、絶対喜

――――。


「花梨!!　これはなんなの!!」

お母さんが顔を真っ赤にして詰め寄ってきた。

手には大量の本。

それは私が持っている、姉と弟が濃厚に絡《から》み合うエッチな本だった。

「ち、ちょ、ちょっとぉぉぉ!? なに勝手に持ち出してるのよぉぉぉ!!」

「アンタ、虐《いじ》められるのが嫌だって言っておきながら、これ全部弟から攻められる内容ばかりじゃない！ 穢《けが》らわしい！ どれもこれも展開が生々しいのよ！」

「内容言わないでよぉぉぉ!! お客さんの前でしょぉぉぉ!!」

奇声をあげる私に、ドン引きする文香ちゃん。

ま、また来ますね……と苦笑いをしながら頭を下げて、そそくさと帰ってしまった。

「あぁ！ ち、ちょっと待って文香ちゃん！ 伝えたいことが……！」

「登場する弟もタダシ、タケシ、タイシ……バカじゃないのアンタは！」

「だから内容言わないでよぉ〜……もぉ〜……」

タッ君のことになると、過剰に過保護になるお母さん。気持ちは分かるけど、さすがに今は勘弁してほしい。

結局、文香ちゃんに伝えることが出来なかったじゃん。

タッ君が帰ってきたことを。

3

夕日で赤く染まったリビングで、出来上がった制服に袖を通したナタリーが、楽しそうにはしゃいでいた。

「ヤバくなぁい？　これ、まぢで可愛くなぁい？　うへへへへへぇ〜〜」

何度も何度も、俺と姉さんの前でポーズを取るナタリー。

制服姿が相当気に入ったのか、嬉しそうに笑っていた。

軍では可愛い格好なんて出来なかったから、ナタリーの嬉しそうな顔を見ると、高校編入に誘って本当によかったと思う。

ただ…………。

「姉さん。ナタリーの姿を見て、どう思う？」

「すっごく似合ってて可愛いよ！　まるでお人形さんみたい！」

「そうなんだよ……可愛いんだよ……困ったことに……」

やっぱり俺の目がバグってるワケじゃなかったのか……。

姉さんも同じことを思っている以上、素直に認めるしかない。

ナタリーは可愛いのだ。

戦地では生の終着点《エンドポイント》と勝手にあだ名され、陰で畏怖されてきたナタリー。

軍の屈強な兵士ですら、彼女の前に立つにはオムツが必要になる、と言わしめたナタリー。

休戦中ジョークで、ナタリーと宇宙人どっちが怖い？　という質問に、全員がナタリーを選ぶという、ジョークにならない結果を叩き出したナタリー。

そんなナタリーが制服を着ただけ、たったそれだけで可愛くなってしまったのである。

何かのまやかしを受けたような気分だ。ナタリーの癖に、面妖な術を使ってきやがって……！

「どうよぉ〜タッカスィ〜。可愛いだろぉ〜。惚れ直したかぁ〜？　惚れ直したって言えよぉ〜」

「威張るのは俺の制服姿を見てからにしろ……俺のほうが、絶対可愛いんだからね……！」

「素直に褒めなよタッ君……」

ムキになって着替えようとした俺に、姉さんからツッコミが入る。

姉さんのおかげで命拾いしたなナタリー。

今日はこのくらいにしといたるわ（震え声）。

「軍の連中が今のナタリーを見たら、ビビるんだろうな……」

思わず呟いた独り言に、ナタリーがすぐさま反応する。

「みんな、アタシのことゴリラゴリラって言ってバカにしてたもんなぁ～。こんな可愛いゴリラが居るかっつぅ～のぉ！」

「シェリーなんて、ナタリーさんよりゴリラさんのほうが可愛いです！　ゴリラさんが可哀想だぁ！　って本気で怒ってたよな」

「うひひひひ！　この姿を見たら、アタシよりゴリラのほうが可愛いなんて口が裂けても言えないよねぇ～。アタシのサイキョーにカワイイ制服姿、シェリーに送りつけてやろぉ～っと。ぷぷぷ～、悔しがれぇ～」

母さんに買ってもらったスマホを使って、自撮りを始めるナタリー。

何枚かパシャパシャと写真を撮ったあと、喧嘩の火種をせっせとシェリーに送りつけていた。

「あれ？　お前、シェリーの連絡先知ってんの？」

「知ってるよぉ～。ラウランから教えてもらったぁ～」

「ラウラン？　あー……カタリナのことか。確かにアイツなら知ってるか……」

あの酒カスなら、シェリーの連絡先くらい難なく調べられるだろう。俺もアイツに聞いておけばよかった。

「なぁ、俺にもシェリーの連絡先を教えてくれない？」

「いいよ～。後で送っとくねぇ～」

「あ、あのさ、シェリーちゃんってよく話題に上がるけど、シェリーちゃんも軍のお友達なの？」

姉さんがおずおずと尋ねてくるので、頷《うなず》いて答える。

「そうだよ。ナタリーと同じ、軍での戦友だよ。年も近かったから、よく三人でつるんでたんだ」

「シェリーはお友達！　ここ重要ぉ！　シェリーはあくまで、ただのお友達なんだよぉ〜！」

やたら友達を強調するナタリー。余計なことを姉さんに吹き込もうとしているのが、目に見えて分かる。

「どういう意味で言ってるんだよ」

「言葉通りだってぇ〜。シェリーはただのお友達で、アタシはタカスィのお・よ・め・さ・ん♡」

「違います。私がタッ君のお・よ・め・さ・ん♡です」

「この手の話をすると、お姉ちゃんが必ずガチ勢になってくるんだよなぁ……」

帰ってきた時はやつれきっていた姉さんも、この一ケ月ですっかり元気になった。

ナタリーのくだらないジョークにも、食らいついていっている。

「そういえば疑問に思ってたんだけど……」

「ん？」

いつもの優しい声色に戻る姉さん。ガチ勢から戻ってきたらしい。

「みんな海外のお友達なんだよね……兵士って色んな国から集まってるんでしょ？　会話ってどうしてたの？　通訳？」

「英語が一番使われてたから、みんな英語で喋ってたよ。時と場合によっては、中国語とスペイン語を使い分けてたけど」

「え、英語？　タ、タッ君、英語喋れるの……？」

「英語と中国語、スペイン語は喋れるよ。改造のせいで、記憶力だけは無駄によくなったからね」

「す、すごくない？　四ヶ国語も喋れるなんて」

「すごくないよ」

「すごいでしょ……謙遜しないでよ……」

「いや……本当にすごくないんだって……特殊生体兵はみんな物覚えがよかったし、ナタリーなんて俺が三日かけて覚えるところを、三分で理解するんだから。俺をすごいとか言ってたら、軍の連中に笑われちゃうよ」

編入試験も、俺が必死で公立の勉強をしている中、ナタリーは国立高専の勉強をしてたからな。しかも母国語じゃない日本語で。

コイツを差し置いてすごいって言われても、違和感しか感じない。

バカみたいな言動しかしないナタリーだけど、基本的なスペックは俺より高いのだ。

バカだけど。

スマホでシェリーとレスバするナタリーを見て、ナタリーちゃんってすごかったんだ
……と姉さんが呟いた。

「あ！　いっけない！　伝えるの忘れてた！」

何かを思い出したかのように、姉さんが手を合わせる。

「今日、文香ちゃんがウチに来たんだよ！」

「文香が？」

懐かしい名前を聞いて、生真面目だった女の子を思い出す。

「そう！　大神君が引っ越したから、また一緒に学校へ通おうって誘いに来てくれたんだ！」

「一緒にってことは、文香は姉さんと同じ高校なの？」

「うん！」

へぇ……それじゃあ編入したら、文香と同じ学校になるのか。

アイツとは幼稚園からの付き合いだから、いよいよもって腐れ縁になる。

「ちなみに、凛子《りんこ》ちゃんと錬児《れんじ》君も同じ高校だよ」

「あの二人も？」

「うん！」

全員同じ高校なんて、運命しか感じない。

嬉しくて思わず、口元が緩む。

「変な時期に編入するから不安だったけど、アイツらが同じ学校に居るなら安心だね。一緒のクラスになれるといいな……」

「みんなと仲がよかったもんね」

「うん」

戦地に行く前は、毎日遊んでいたほどだ。

親友は？　と聞かれたら、間違いなく三人の名前を挙げるくらいには仲がよかったと思う。

なんだろう。すぐにでも会いに行きたくなってきた。

「編入試験も無事に合格したし、明日、みんなに会いに行こうかな」

「いいんじゃない？　文香ちゃん達絶対喜ぶよ」

帰還の報告がてら、明日はアイツらの家を回ろう。

そしてナタリーのことも紹介しよう。

人のいいアイツらのことだ。絶対ナタリーとも友達になってくれる筈だ。

「ナタリー、明日付き合ってくれない？　お前のことを紹介したいからさ」

「…………………」

「ナタリー？」

俺の呼びかけには答えず、彼女はスマホを怪訝そうな顔で眺めていた。

「ナタリーどうした？　面白い顔して」

「いや……シェリーが、よく分かんないこと言ってるんだよね……」

「なんて言ってるの？」

「んー………」

少しの間、考え込む仕草をするナタリー。

次の瞬間、「ポイっちょ！」と言って彼女はスマホを投げ捨てた。

「面倒くさいし見なかったことにする！」

なんだそれ。

まぁ本人がいいなら、それでいいけど。

どうせ、いつもの喧嘩だろうし。

ナタリーの言動を特別気にすることもなく、俺は明日の予定に意識を向けた。

4

梅雨時期にしては、珍しく快晴となった翌日。

俺とナタリーは、錬児の家へ向かって歩いていた。

本当は姉さんもついてくる予定だったが、直前になって母さんに呼び止められ、今日も留守番をしてもらっている。

なんでも、大切な話し合いをしなければならないらしい。姉さんはすごく嫌そうな顔をしていたけど。

最近、姉さんと母さんがよく揉めているんだよなぁ。

制服を買いに行く時も、母さんに呼び止められてたし……何かトラブルになってるなら、俺にも相談してくれればいいのに。

「あのさぁ～……アタシ、本当についてきてよかったのぉ？　昔の友達に会うんでしょぉ？」

考え事をしていると、昨日買ったばかりの無駄に可愛いワンピースを着たナタリーに話しかけられた。

「もちろん。ナタリーのことを紹介したいからね」

「そんなに友達作りって重要ぉ〜？」

「編入して、俺しか話し相手がいない状況より、錬児達と友達になっておいたほうがいいと思うんだよね。六月っていう微妙な時期に編入するし。アイツら人が良いから、ナタリーともすぐ仲良くなれるよ」

「心配してくれんのはありがたいけどさぁ〜……アタシ……もしかしたら空気の読めない発言しちゃうかもしれないよ？　せっかくの再会に、水を差すかもしれないし……」

ん？　ナタリーがこんな発言をするなんて珍しいな。

彼女なりに気を使っているのかな？　柄にもないこと気にしなくていいのに。

俯く彼女の頭を、ポンポンと叩く。

「そんなこと気にするなよ。ナタリーが空気読めないのは、今に始まったことじゃないし」

「で、でも………」

「失言しても俺がフォローするから気にするなって。俺とお前の仲じゃん」

「ほ、本当？　じゃあ、アタシはいつも通りでいいんだね？」

「いいよ。ノビノビしてて」

「へっへっへ………りょぉ〜かぁ〜い………」

ナタリーの顔が汚い笑顔で染まる。言質《げんち》とったと言わんばかりの表情。

なんで気付かなかったんだろう。

あとになって思い返せば、ナタリーの保険だったってすぐ分かる。

事前にしおらしく謝って、あとで怒られなくする保険。

急に謙虚になったナタリーにもっと疑問を持つべきだった。

コイツはそんな、殊勝なヤツじゃなかったと。


久しぶりに錬児の家の前に立つと、ちょっと胸に来るモノがある。

三年前は、当たり前のように遊びに行っていた錬児の家。

暇さえあれば、ゲームをやって、漫画を読んで、中身のない会話を交わして、お互い笑い合う……そんな楽しい思い出が甦《よみがえ》ってきた。

「何泣きそうな顔してんだよタカスィ〜。錬児ちゃんとはそんなに仲がよかったのかぁ〜？」

「…………仲がよかったよ。気が合うっていうか、お互い気を使わなくていいっていうか…………今の俺とナタリーみたいな関係かな」

「へ、へぇ…………タ、タカスィがそこまで言うんだ…………で？　どんな男なの？」

「カッコいい男だったよ。優しくて、スポーツも勉強も出来て、俺の憧れだったんだ」

「戦場じゃ、スポーツなんか出来ても役に立たないんだよなぁ〜！　勉強ならアタシのほうが出来るしぃ～！　錬児ちゃんよりアタシのほうがすごいんだよなぁ～！」

「何張り合ってんだよ」

「だってぇ～……タカスィが憧れてるなんて言うからさぁ～……アタシのことも憧れてるって言ってよぉ～……」

「お前のそういう図々しいところ、大好きだよ」

ナタリーを適当にあしらいつつ、錬児の家のインターフォンを押した。

ピンポンという無機質な音が鳴り響き、待つこと数分。

玄関のドアがガチャリと開いた。

「どちらさん？」

体格のいい、爽やかな男の登場。

錬児だ。

三年前とは違い、髪が明るく、身長も随分高くなっている。

俺も身長は結構伸びたつもりだったけど、錬児の成長は俺を優に超えていた。

女受けのよさそうな見た目になってるし……嫉妬するほどカッコいい。

寝起きなのか、眠そうな顔でぼりぼりと頭を掻く錬児は、俺にまだ気付いていない様子。

「誰？」

「相変わらず朝は弱いんだな。昨日夜更《よふ》かしした？　早く寝ろよ」

「はぁ？　いきなりワケ分かんな――――」

錬児の眠そうな顔つきが変わる。

何かに気付いたのか、目を見開き、魚のように口をパクパクさせていた。

「ぁ……ぉ……ぉま……ま、まさか……」

ヨロヨロと歩き、俺へと近づいてくる錬児。

信じられない、といった様子で唇を震わせる。

「も……もしかして……タ、タカシ……か？」

「ふっふっふ。生きて戻ってきたぜ」

答え合わせをすると、錬児が抱きついてきた。

「タ……タカ……お……おま……タカシィィ……う、ぅわぁ……ぅわぁぁぁぁぁぁああああ!!」

そして、おいおいと男泣きを始める。

久しぶりに感じる親友の温もりに、俺も強く抱き返した。

「ぃ……いつ日本に……戻ってきたんだよ……」

散々泣き続けた錬児の目は、ポンポンに腫れていた。

こんな顔になっても俺よりイケメン。羨ましい。

「一ヶ月くらい前かな」

「お、おまっ……帰ってたならすぐ声かけろよ‼」

割と真面目に怒る錬児。温厚なコイツがこんな声を出すなんて思わなかった。

「お前なぁ～……俺、本当に辛かったんだぞ……急にタカシが学校に来なくなって、心配になってお前んち行ったら、徴兵されたってオバさんに言われて……」

確かに徴兵の令状が届いて、数時間後には役人が家に来たっけ。

当時、別れを惜しむ時間なんてなかった記憶がある。

「文香は泣き叫ぶし、凛子は気絶するし、俺もガキだったから、辛い筈のオバさんに泣いて食ってかかって……」

「心配させたね……本当にごめん……」

「あ……い、いや……す、すまん！　責めてるワケじゃないんだ！　帰ってたなら、俺の所にすぐ来いよって思っちまって……自己中だった！　ホ、ホントにすまん！」

謝るのは俺のほうだ。

俺が思っている以上に心配をかけていたらしい。もっと早く報告するべきだった。

落ち込む俺の様子を見た錬児が、慌てながら話題を変える。

「そ、そういえば、そこの綺麗な金髪の女の子は誰なんだよ？　まさかタカシの彼女かぁ？」

「コイツは――」

俺が答える前に、ナタリーが割り込んできた。

「アンタ見る目あんじゃ〜ん！　奥さんじゃなくて、彼女っつーのはパンチ足りないけどぉ、まぁ〜褒めて遣わすわぁ！」

満面の笑みで笑いながら、錬児の背中をバンバンと叩く。

馴れ馴れしいにもほどがある。

「え？　え？　な、なんなんだ？」

「コイツは俺の戦友で――」

「中々見所あるヤツだなぁ〜！　ヨシッ！　あんた、アタシの舎弟にしてあげる！　喜べぇ〜！」

「落ち着けバカタレ」

暴走するナタリーに、アイアンクローをぶちかました。

「そういや錬児って、まだプロ野球は見てるのか？」

「余裕で見てるぞ。オープン戦から、毎日欠かさず見てるぞ」

予想通りの回答に、思わずほくそ笑んでしまう。

俺の錬児なら、そう答えてくれると思ってたぜ。

「なぁ錬児。今年の社会人枠で入ってきた加藤って野手、どう思う？」

「素でエグいだろアイツ。オープン戦から十本打ってるし、守備も上手ぃし」

「やっぱそう思うよな！　でもさぁ……野球評論家の評判はあんまりよくなくて……」

「別に評論家の意見なんて、気にしなくていいんじゃねぇか？　野球に求められるのは成績なんだし」

　俺の求めていた回答を、ズバッと言ってくれる。

あぁ……やっぱりコイツと会話をするのは楽しい。忖度《そんたく》抜きで、ここまで趣味が合うのは錬児しか居ない。

　ニタニタ笑っていると、錬児が話を続けた。

「今年こそは念願のAクラスに入れそうだな。オープン戦から結構勝ち越してるし」

「いや、まだ分かんねぇぞ？　大体毎年、この時期から失速していくんだからな」

「不穏なことを言うなよ……タカシの言う通りになっちまったらどうすんだよ……」

「ってかさ、戦争も終わったんだから、そろそろ助っ人外国人制度を復活させてほしくない？　アレがあるとないとじゃ、選手層の厚みが違うっていうか――――」

「ち、ちょ～っ！　何盛り上がってんだよぉ～！　アタシを放置すんなよなぁ!!」

　ナタリーがプリプリと怒りながら、俺と錬児の間に割って入ってきた。

構ってほしいのか、首筋に抱きついてくる。

「あ、ごめんごめん。久しぶりに野球の会話が出来て、我を忘れちまってたわ」

「どんだけ野球が好きなんだよぉ～……そんなに好きなら自分でやればいいじゃ～ん……」

「むりむり。俺は見る専門だから」

「むりむりじゃねぇんだよぉ……おっさんみたいなこと言ってんじゃねぇよぉ……」

失礼なヤツめ。

こんな体になっちまった以上、普通に野球なんか出来るワケねぇだろ。ズルみたいな感じになっちゃうじゃん。

ナタリーの頭をわちゃわちゃと揉んでいると、なすがままにされていた彼女は、不貞腐れながら呟いた。

「そもそも野球って、何が面白いのか分かんないんですけどぉ～。球打って走るだけじゃ～ん」

「おっま……喧嘩か？　喧嘩したいのか？　数少ない俺の地雷踏んだぞコラ」

「だってさぁ～、楽しくないんだもぉ～ん。試合展開も地味だしさぁ～」

「よっしゃ……戦争始めたるわ……」

このバカタレ……俺と錬児の前で、禁句を言ってくれやがって。

俺の全てを賭《か》けて、野球信者にしてくれるわ。

「あのなぁ……野球はなぁ……戦略に幅があって、どんなに点差があっても逆転出来る、神ゲーなんだぞコラ……配球の組み立てを確認しながら、次投げる球種を考えるだけで楽しすぎるんだからな……」

「あー分かる。タカシの言う通り、監督になった気分で見ると楽しいよな。俺ならここで代打を出すとか考えるのマジで楽しい」

「そういう意味じゃ、昨日の試合は面白かったよな。代打に岩波が出てきて、すっげぇ驚いたし」

「あれも驚いたけど、抑えに新人の斎藤を起用したのも驚かなかったか？　テレビ見ながら、思わず『お？』って言っちまったもん」

「どういう経験を積めばああいう采配が出来るんだろ？　ガチでエグいよな」

「だ〜か〜らぁ〜……アタシを放置して盛り上がんなってぇ……」

中身のない雑談をすること数時間、そろそろ次へ向かう時間が差し迫る。

「も、もう……帰るのか……？」

錬児が寂しそうに呟く。さっきまでの明るい顔が、嘘のように悲しそうな表情に変わっていく。

「俺ももっと話していたいんだけど、文香と凛子に、帰ってきた報告をしないといけないからね。これから行ってくるよ」

「そ、そうか………」

分かりやすく落ち込む錬児。

その姿に思わず苦笑する。

「錬児と同じ高校に編入することが決まったからさ、これから毎日顔を合わせるようになるよ。だからそんな顔するなって」

「お、おう………」

一瞬笑ったが、また悲しそうな顔に戻る。

別れるのが辛いのだろうか。

「あ、あのさ!」

「うん?」

どうすれば彼を元気付けられるかと悩んでいると、錬児の顔が、泣き笑いのような表情へと変わっていった。

「タカシの好きだった週刊少年誌、俺が毎週欠かさず買い続けてたから、いつでも読みに来いよな!」

「え?」

「毎年出てるプロ野球のゲームも好きだったよな! それもちゃんと買ってあるぞ! 今

年のは、特にクソゲーだったけど……」

「……………」

「タカシしか読んでなかった、ホラー漫画もちゃんと買ってあるんだぞ！　あんなつまんねぇのに打ち切りになってねぇんだ。わ、笑えるよな……」

「……………」

「だ、だからさ……また、いつでも遊びに来いよ……タカシが来るなら……予定なんて全部キャンセルするから……」

「……………うん」

「遠慮なんて絶対するなよ……毎日でも、俺は構わないから……」

「ありがとう錬児。嬉しいよ……」

笑顔が陰り、寂しそうに、本当に寂しそうに俯く錬児。

相変わらず、優しいヤツ……。

俺はもう一度、錬児を強く抱き締めた。

5

錬児は、俺達の姿が見えなくなるまで、ずっと手を振りながら見送ってくれた。

再会を心の底から喜んでくれている。

俺にはそれが堪らなく嬉しかった。

「錬児ちゃんってぇ～、タカスィのこと好きすぎるでしょぉ～。あれは絶～対、性的な目でタカスィを見てるよねぇ～。うっひひぃ～」

人が感傷に浸ってんのに……このバカは……。

隣でニヤニヤ笑うナタリーに、軽蔑の視線を向ける。

「お前は、男同士が絡んだらすぐBLに持って行こうとするよな。巣に帰れや」

「仕方ないだろぉ～。あんな尊いもの見せられたらさぁ～。妄想しか捗《はかど》らないんだよぉ～」

「思うのは自由だけど、口に出すんじゃねえよ。そういうこと言ってるから、軍の連中が引くんだよ」

「引くワケねぇじゃ～ん。軍の男連中は、みんなタカスィのお尻狙ってたんだからぁ～。ポートマンなんてぇ、ガチで襲おうとしてたんだし～」

「は？　な、なんだよそれ……初耳なんだけど……」

予想外のセリフに、思わず動揺する。

俺がそんな目で見られているとは思わなかった。

「生き残ったヤツらは全員、一度はタカスィに命を救われてるからねぇ～。まぢで惚れてるヤツは多かったよぉ～。休戦中なんて、タカスィのお尻に幾ら出せる？　って話ばっかりしてたしぃ～」

「命の恩人の尻を狙うんじゃねぇよ……」

俺が着替え始めると、誰も喋らなくなるのはそういう理由だったのか。

とんだサービスショットを見せていたようだ。ちくしょう。エロい目で見やがって。金払え。

「タカスィの強さには、性別を超えた魅力があるからねぇ～」

「強さが魅力に繋がるなら、みんなナタリーにベタ惚れになるだろうが。なんで俺のほうに来るんだよ」

「そんなのアタシが知りたいよ……こんなラブリーなナタリーちゃんが、ゴリラ扱いだし……」

しょんぼりと不貞腐れるナタリー。悲壮感の漂う背中に、少し同情心が湧いてくる。

ちょっと可哀想なのでフォローしとく。

「俺はゴリラ好きだぞ」

「お？　それは愛の告白と受け取っていいのかな？」

「ゴリラへの愛を、お前が受け取るんじゃねぇよ」

太陽が頭の真上を通り、ロンTだとそろそろ暑くなってくる時間帯。

文香の家が近づいてきた。

玄関先で、麦わら帽子を被った一人の女性が、せっせと草むしりをしている姿が見える。

「あそこに人が座ってるだろ？　あれが文香の母親」

「おぉ～。じゃあアレが文香ちゃんの家なのかぁ～」

「頼むから余計な発言はすんなよ………錬児や姉さんと違って、文香は潔癖で冗談が通じないんだから……」

ナタリーに忠告しつつ、文香のお母さんに近づく。

のんびりとした顔で草むしりをしている姿を見ると、三年前と変わりなさそうで嬉しくなる。

「お久しぶりです。文香は居ますか？」

声をかけると、彼女は薄く笑みを浮かべながら立ち上がった。

「ん？　文香のお友達かしら？　文香なら――――」

そう言って顔を合わせると、
彼女の動きが止まった。

草刈り用の鎌が足元に落ち、手に持っていた雑草が風に舞う。

信じられないモノを見る目。思考が飛んだのか開いた口が塞がらなくなっている。

パチパチと瞬《まばた》きをして、俺の足先から顔まで視線を動かした文香のお母さんは、急に慌て出した。

「ち、ち、ちょっと待っててね！　お願いよ！　どこにも行っちゃダメだからね！　すぐ戻ってくるから！」

何度も俺を引き止めつつ、家の中へと入っていく文香のお母さん。

叫び声と間の抜けた声が聞こえてきた。

「ふ、文香ぁぁぁぁ!!　お、降りてぇ!!　降りて来なさいぃ!!　は、早くぅ!!　早くぅぅぅ!!」

「えぇ～。今、手が離せないからあとにして～」

「な、何を言ってるの文香ぁぁぁ!!　いいから早くぅ!!　早く降りてきなさいぃ!!」

「んー？　そんなに慌ててどうしたのー？」

「タカシ君!!　タカシ君が戦争から帰ってきてるのよ!!　早く降りてきなさい!!」

「…………」

一瞬静まる家の中。

一拍置いて、ドタンバタンと階段を駆け降りる音が響き渡る。

転げ落ちるような音が近づいてくると、玄関の扉が勢いよく開かれ、一人の女の子が現れた。

出てきたのは、小柄な女の子。

七三分けの前髪と、ふわふわボブヘアーがトレードマークの文香。

生まれた頃からずっと一緒だった、俺の幼馴染。

三年経った彼女は化粧を覚えたのか、すっかり大人びた容姿になっていた。

「…………っ…………！」

目と目が合う俺達。

数瞬、時間が止まったかのように見つめ合う。

息を呑むように声を漏らした文香は、両手で口を押さえ、顔を歪ませた。

声にならない嗚咽を漏らしながら、ゆっくり俺に近づき、強く、ガシッと服にしがみつく。

「……ぅ……ぁぁ……タ……ちゃ……タカちゃんっ……‼」

静かに、とても静かに涙を流し始める文香。

さめざめと泣き続け、絞り出すように、

「お……おかえり……ぐす……ずっと……待ってたよ……」

帰還を喜ばれた。

小柄な身体からは、想像もつかないほど強く摑まれる。

想いの深さ、想いの重さが、服越しから強く伝わってくるのを感じた。

「すー……すー……はー……はー……お祝いしよう……お祝い……見せたいものも沢山あるし……泊まっていけばいいよ……ね？　それがいいよ……」

右腕を完全にホールドして、手を絡め合わせ、頬をスリスリしながら、ブツブツ喋る文香。

鼻息で腕の部分がすっごい熱い。熱気でしっとりしてきた。

「ただいま。文香は元気だった？」

「……準備はバッチリしてあるから……タカちゃんは私に任せてくれればいいよ……ね？　大丈夫だから……」

「相変わらずな感じだな。変わってなくて懐かしいよ」

ピシピシ頭をチョップして、現実に戻ってくるよう促す。

文香は虚《うつ》ろな瞳でニタニタ笑うだけで、まだまだ帰ってくる気配はなさそう。

腕に寄生する彼女をあやしていると、その保護者に肩を掴まれた。

「タカシ君、本当に無事でよかった……本当に……おかえりなさい……」

涙ぐむ文香のお母さんは、ハンカチで何度も何度も顔を拭っていた。

「なんとか生きて戻ってこれました。心配させてすみません」

「タカシ君は戦争へ行ったのよっ……！　タカシ君が謝ることなんて一つもないっ……！　謝っちゃダメっ……！」

「それもそうか」

言われてみればそうだな。全部、軍が悪いんだよ軍が。軍が謝りにこい。

「タカシ君！　これからタカシ君のお祝いをしましょう！　オバさん、腕によりをかけて料理を振る舞うから！　ね？　遅くなるようなら泊まってくれて構わないから！　ね？」

肩を掴む力が強くなる文香のお母さん。

嬉しいけど、急に言われてもちょっと困る。

「あー……気持ちはありがたいんですけど、まだ凛子に会ってないんですよね。これから凛子の所へ行くので、また今度じゃダメですか？」

やんわり断ったつもりなのに、目に見えて表情が失望に染まっていくお母さん。

焦った様子で、縋《すが》りついてきた。

「り、凛子ちゃんに会ったあと、そのあとでお祝いしましょう！　ね？　それならいいよね？　ね？」

「え？　い、いや……そもそも姉さんに今日泊まることを伝えてないので、夕飯の準備を始めてると思うんですよね……急な話ですし、またにしましょうよ」

「オ、オバさんが、タカシ君のお姉さんに連絡するから！　どうかな？　それならどうかな？」

「お母さんも強引なところは変わってないっすね……」

ダメよダメ、今日は絶対にお祝いするの、とワガママを言い始める熟女。

このグイグイくる感じ懐かしいわぁ……。

昔、文香に友達が俺しか居なかった頃、「女の子の友達を作ってあげて！　お願いよタカシ君！」って詰め寄られた時のことを思い出すわぁ。

「獲物《タカスィ》は絶対に逃がさねぇよっていう、強い意志が伝わってくるねぇ〜。昔からこんな感じだったのぉ〜？」

「こんな感じだった」

「愛されてるねぇ〜、タカスィ〜」

他人事のように、ケラケラと笑うナタリー。

ようやく彼女の存在に気が付いたのか、トリップしていた文香が戻ってくる。

「タカちゃん……その人は？　ねぇ……その人は……だぁれ？」

どこか圧を含む、文香の問い。

潔癖で、冗談を冗談と受け取らない文香を揶揄うのは不味い。こういう能面のような顔になってる時は、特に冗談が通じないから。

素直に戦友だと紹介しようとしたら、ナタリーが身を乗り出して喋り始めた。

「アタシ？　アタシは四分咲ナタリー」

「四分咲……？　え？」

「タカスィの嫁だぁ!!」

ナタリーの妄言で、文香の顔色が変わる。

生真面目で潔癖な文香の表情が、怒りに染まっていくのが分かる。

不純な男女交際は、文香の最も嫌うところ。

こうなってからでは遅いから、冗談は言うなって忠告しておいたのに……。

「ナタリー君よぉ……やってしまいましたなぁ……」

目的はナタリーと友達になってもらうことなのに、どう責任取ってくれるの？　これ？

眉を寄せる俺を見て、ナタリーがニヤニヤと笑った。

「アタシ言ったよね？　空気読めないこと言うかもって。ちゃ～んと事前に謝ったじゃ～ん」

「俺言ったよね？　冗談は通じないから絶対止めろって。ちゃーんと事前に言ったじゃーん」

俺の反論なんてどこ吹く風。彼女は知らんも～んと、イタズラっぽくニヤついた。

人をバカにするような顔……コイツ、分かってやってるな……。

「アタシっていう者がありながら、他の女とイチャコラするから悪いんだよぉ～。修羅場と化せぇ～」

「イチャコラ……？」

俺と文香の関係を言ってんのか？

何言ってんだこのバカ。

「それにタカスィだって言ってたでしょ〜？　失言してもフォローするってぇ〜。男らしくフォロー頼むわぁ〜。たのまぁ〜」

「お前、そういうこと言うんだな……俺の優しさを踏みにじるような……」

「アタシ悪くないも〜ん。むしろタカスィがいけないんだからぁ〜。他の女にうつつを抜かすからぁ〜」

「だから、うつつを抜かすってなんだよ。そもそも文香は――」

「モテる男は辛いですなぁ〜。ひゃっひゃっひゃっひゃっひゃ」

「……お前が始めたことだからな。覚悟しろよ」

分かったよ。

徹底的にやってやる。

俺のやり方で、文香を説き伏せてやるよ。

「タカちゃん……タカちゃんの嫁ってどういうことぉ……？　説明してくれるぅ……？」

虚ろな顔で、俺に詰め寄る文香。

不純な交際をしていると思っているのか、軽蔑と失望に染まった表情をしていた。

　そんな彼女を説き伏せるように、なるったけ真剣な顔を作って答える。

「説明も何も、ナタリーの言う通りだから」

「どういうこと……？」

　下手に否定したら、話は拗れるだけ。

　なら俺がするべきことは、たった一つ。

「俺とナタリーは、結婚を前提とした真剣な交際をしてるんだよ」

「ふぇ⁉」

「ん？」

　素っ頓狂な声をあげる文香に、ポカンとするナタリー。

　予想外のセリフだったのか、二人とも目が点になっていた。

「ちょ、ちょ、ちょ、タ、タカシぃ⁉　そ、そこは否定するところだよぉ！　否定するところぉ！」

　いち早く状況を理解したナタリーが、慌てた様子で止めに入る。

「見苦しく言い訳しろよぉ〜！　なんで開き直るんだよぉ〜！」

「何言ってるんだよナタリー。俺はお前のことを本気で愛しているし、将来設計もバッチリしてるから」

「あ……あぅ……ぅぅぅ……」

顔を真っ赤にしたバカが、挙動不審になっていく。

普段の彼女なら冷静に言い返してくるだろう。俺の意図を理解して、余計に話が拗れるように。

しかし、今のナタリーにそんな余裕はない。

コイツこう見えて、結構ウブだから！

普段はおっさんみたいな発言する割に、いざ自分が揶揄われると、一気にポンコツになるのだ！　クソ雑魚《ざこ》乙女なのだ！

「う……嘘……嘘だ……タ、タカちゃん……何かの間違いだよね？」

ヨタヨタと後退《あとずさ》りする文香に、ナタリーが駆け寄る。

「ま、間違いで合ってるよ文香ちゃん！　アタシが悪ふざけで言ったことに、タカシが悪ノリしてるだけ！　ぜんぶ嘘！　冗談！　だから安心して！」

「冗談ではありませーん。俺とナタリーは、ぐっちょんぐっちょんの関係ですぅー」

「タカシはバカじゃないのかなぁ!?　なんでそこまで吹っ切れたアホになれるのよぉ!!」

相当恥ずかしいのか、ナタリーのジェスチャーが激しくなっていく。

ちょっと楽しくなってきた。

「え？　え？　ど、どっちの言ってることが正しいの………？」

「ア、アタシ！　アタシの言ってることが正しい！　アタシがタカシを困らせようと、冗談言ったことが原因なの！　全部嘘だから！」

「同棲してるけどな」

「同棲ええええええぇぇぇぇぇぇ!?」

「ちょぉおおおおおおおおおぉぉぉぉぉ!!」

顔が真っ赤になっていくナタリー。

目もぐるぐる回り、余裕がなくなっているのが分かる。

「同棲じゃないから！　い、居候！　アタシはただの居候だからぁ！」

「同じ部屋で寝泊まりしてます。なんなら同衾《どうきん》も嗜《たしな》んでおります」

「タカシィィイ!!　お願い!!　もう黙って!!」

アワアワするナタリーが髪を弄《いじ》り始めた。必死に言葉を探す姿が微笑ましい。

「ア、アタシ、故郷が消滅しちゃって行く所なかったから！　それでタカシの家に住まわせてもらってるの！　それだけ！　ホントそれだけだから！」

「え……………あ………そ、そういうことなんだ………」

「十代の若い男女…………同じ部屋で一ヶ月…………もちろん何も起きない筈がなく……………」

「タカシてめぇ!!　いい加減にしろよぉぉぉぉ!!　お姉ちゃんも一緒に寝てるだろうがぁぁぁ!!」

業《ごう》を煮やしたのか、ナタリーが強めの掌底を肩にぶちかましてくる。

お前、俺だからいいものの、普通の人間だったら今の掌底で肩抉《えぐ》れてたぞ。

鼻で笑う俺に、瞳を充血させながら悔しがるナタリー。

そして、もうやだぁ……と言って、彼女はしゃがみ込んだ。

耳まで真っ赤にして恥ずかしがるナタリー。

いい加減な気持ちで、俺に喧嘩売るからそうなるんだ。反省しろ。

「よく分からないけど……分かったことはあるよ」

そう言って、しゃがみ込むナタリーを支える文香。

「タカちゃんがナタリーちゃんを弄んでるってね！」

「ふみかちゃ〜ん……」

そして二人は、ガッシリと抱き合った。

なんでそうなるの？

俺は愛の告白しかしてないのに。

「お、お祝いは？」

文香のお母さんの、戸惑う声が響いた。

なんやかんやあったが、文香の怒りは、俺がナタリーを弄んでいるという、謎の勘違いをしたことによって解消された。

しかも同情心からか、ナタリーとはかなり打ち解けた模様。

文香と友達になるという当初の予定を考えれば、かなり良い結果となった。

「タカスィのせいで……酷い目に遭ったよぉ～……」

「なんで俺のせいなんだよ」

有耶無耶になったところで文香と別れ、凛子の家に向かう最中、ナタリーが恨めしそうな目で睨んできた。

「アタシはただ、昼間やってるドラマみたいな、ドロドロな修羅場が見たかっただけなのにぃ～」

「ああいうのって、痴情のもつれが原因なんじゃないのか？　俺と文香じゃ、そんな修羅場にはならないから」

何か勘違いしてんだよな。コイツ。

「え～？　文香ちゃんってタカスィのこと好きじゃないのぉ～？」

「何を見てそう思ったのかは知らないけど、文香は錬児のことが好きなんだぞ？」

「え？　それはタカスィの思い違いでしょ～？　女の目から見て、アレはタカスィに恋する顔だったけどぉ～」

「思い違いじゃねぇよ。だってそう言われたんだから」

あ、なんかすごい普通の学生みたいな会話。

これって恋バナじゃん。

俺、まだこんな会話が出来るんだな。やっばい。嬉しぃ。

新鮮な気持ちでニヤニヤしていると、納得のいかない様子のナタリーが抗議をしてきた。

「じゃあ再会した時の、文香ちゃんのあの顔はなんだったんだよぉ〜。完全にメスの顔だったじゃん」

「なんだよメスの顔って……そんな顔してねぇだろ」

「してたよぉ〜……文香ちゃん、完全にアヘってたじゃんかよぉ〜……」

納得出来ねぇよぉ〜、と呻《うめ》くナタリー。

すごい言葉を使ってくるな……俺のピュアな気持ちが……。

ブレーキを踏まないバカに忠告する。

「また適当なことを言われても困るから先に言っておくけど、次に会う凛子は、俺のことを絶対に恋愛対象として見ていないからな。なんせモデルをやってるんだから」

「別にモデルをやってようがやってまいが、関係ないだろぉ〜」

「日本を代表するカリスマモデルが、その辺に居そうな男子生徒に惚れるワケないだろ。恐れ多いわ」

ナタリーは知らないかもしれないけど、凛子ってめちゃくちゃ人気あるんだからな。

普通の一般男子なら、カリスマモデルとの交際なんて夢を見ないんだよ。

バカなことばかり言う、ナタリーの頭を揉みしだく。

うー、うー、と呻きながら、彼女はポツリと呟いた。

「じゃあオリヴィアはどうなるんだよぉ～……アイツなんて、世界の歌姫じゃんか……」

6

人の力とは思えない暴力を見せつけ、笑い声をあげる男達。

私を脅す、理不尽な外道達。

戦地から帰ってきたというヤツらの言葉に、私は言葉を失った。

――日本兵の生き残りは俺達だけだ。

な、何それ……。

じ、じゃあ……死んだってこと……？

心が壊れていくのを感じる。

心の支えが崩れていってしまう。
タ、タカシは……戦争で……死んじゃったっていうの……？

「凛子。お願いがあるんだけど」

「何よ……」

教室の隅で本を読む私に、一組の男女が、馴れ馴れしく声をかけてきた。

素朴な見た目の男の子と、その背中に隠れるように怯える少女。

小学二年生になって一ヶ月。

同じクラスだけど全く関わったことなんてなかったのに、一体、なんの用だろう？

「あのさ、俺と友達になってくれない？」

「は？」

唐突な提案に、思わず二度見する私。

茶化しているの？

私の身長は、他の生徒より頭二つ大きい。彫りの深い顔立ちと相まって、誰も近寄らない威圧感のある見た目をしている。その上、怖いデカ女と陰口を叩かれたせいで、キツいことしか言えなくなった酷い性格。

そんな私と友達になりたい？　嘘を吐くな。

バカにされていると思い、頭に来た私は、彼の提案を冷たく退けた。

「いやよ。なんでアンタと友達にならなきゃならないの？　それに、凛子って下の名前で馴れ馴れしく呼ばないで。キモいから」

「俺と友達になると良いことがあるぞ」

「は、はぁ？　な、何があるのよ……！」

酷く拒絶したのに、怒るワケでもなく、ふっふっふっと笑う少年。

彼は、後ろに隠れていた少女を前に突き出した。

「今俺とお友達になると、この可愛い文香がついてくる！　どうだ！」

「ぅ……うぇぇ……よ、よろしくお願いしますぅぅぅ……」

口をあわあわさせて、直立不動になる文香さん。

緊張した面持ちで私を見下ろしている。

少年に脅されているのだろうか。目に涙が溜まっていた。

「俺はともかく、この可愛い文香とは友達になりたいだろ!?　コイツすっげぇ良いヤツなんだからな！」

「な、なんなのアナタ!?　文香さんをダシに使って恥ずかしくないの!?　男として情けなくないワケ!?」

「それだけ凛子と友達になりたいんだよぉ！　いいから黙って頷けって！　コイツがどうなってもいいのかぁ!?　あぁ～？」

「ぅえぇ……ぉ、お願いしますぅぅぅ……」

「くっ……！　ゆ、許せないわ！　文香さんを人質にするなんて！」

「だろぉ？　可哀想だろぉ〜？　お前しか文香を救ってやれないんだからなぁ〜。へっへっへ。さぁ〜俺とお友達になろ〜やぁ〜」

「このっ………！　げ、外道めぇ………！」

ニタニタ笑う男の子を、私は殺気を込めて睨みつける。

絶対に許せない。こんな大人しそうな少女を餌にするなんて。

こんなバカと友達になんてなりたくなかったが、文香さんを助ける為、私は渋々、彼の提案を呑み込んだ。

これがタカシとの出会い。

第一印象は、最悪だった。


あの強引な勧誘から一ヶ月。

タカシと文香さんの関係は、私の思っていたものと全く違っていた。

文香さんは脅されていたワケではなく、タカシとはすごく仲の良い関係らしい。今回、私に声をかけてきたのも、文香さんのお母さんが、タカシに友達作りを強引にお願いしたところから始まったそうだ。

なら普通に声をかけてきなさいよ！　と言いかけたが、ただ単に友達になろうと言われても、素直じゃない自分は首を縦に振らなかったと思い、仕方なく文句を呑み込んだ。

たぶん、ああいう強引なやり方で誘ってくれなければ、私はずっと一人のままだったと思う。

そういう意味では……まぁ……感謝してる。

私を友達相手に選んだ理由は、よく分かんないけど。


文香さんは、可愛くて穏やかな人だった。

ちょっとタカシに依存気味だけど、優しくて真面目な人。前髪で顔を隠してなければ、すぐにでも人気者になれるって思えるくらい可愛い人だった。

タカシはよく分からないヤツだった。

掴みどころがなく、飄々《ひょうひょう》としていて、何も考えていなさそうな、よく分からないヤツ。

文香さんが何故コイツにベッタリしているのか、理由が分からなかった。

彼女は勉強も出来て、可愛くて、地味に運動神経も高い。ちょっとオドオドしているけど、キツい性格の私よりコミュニケーション能力もある。

タカシ以外に友達が居なかったとは思えないくらいだった。

文香さんの容姿でこれだけ喋れれば、もっと人気があってもいいと思うのに。

その時、私は二人の関係が不思議でしょうがなかった。

その時は。

タカシと出会って一年、文香さんに何故、友達が居ないのか分かった。
簡単な話だった。
出来ないんじゃない。作る気がない。
文香さんは、タカシ以外、友達を作ろうとしていなかった。
そりゃ友達が居ないワケだ。
その理由も驚きのもので、タカシと一秒でも長く一緒に居たいから、らしい。
ちょっと依存している、とかいうレベルじゃなかった。
文香さんは本物《ガチ》だ。
出会った頃の私だったら、ドン引きしていたと思う。
気持ち悪くて疎遠になったかもしれない。
でも、タカシと出会って、一年経った私が思ったことは、
『………私もタカシを独り占めしたい』
だった。
文香さんの気持ちが、すごく理解出来た。
だってタカシは、よく分かんないくらい優しかったから。
アイツくらいだと思う。

未《いま》だにキツい口調が治らない私と、笑顔で付き合ってくれるのは。

照れ隠しで言ったバカとかキモいという暴言を、嬉しそうに笑って聞き流すのはタカシくらいだろう。

そのくせ私が困ってる時は、必ず助けてくれる。同級生にデカ女とバカにされた時は、タカシが真っ先に怒ったほどだ。

さらに、話も合う。

タカシは聞き上手なのか、すごく話しやすかった。休日、会話だけで一日時間を潰せるのは、タカシが相手じゃなきゃ無理だろう。

それくらい一緒にいて、楽で、優しくて、楽しいヤツ。

自分の親以外で、ここまで素を出せるのはタカシだけだった。

小学三年生の、それも精神年齢の幼い男子とは思えないほど、タカシはワケの分からない包容力を持っている。

渡したくない。

たぶん、ここまで相性の良い友達は、もう出会えないと思うから。

だから、誰にも渡したくない。

たとえそれが、親友の文香さんでも。

アイツは………私のものだ。

小学校も高学年になると、私と文香さんは二つの問題にぶち当たった。

一つは、周囲の接し方が変わり始めたこと。

私の身長はただ成長が早かっただけのようで、小学校四年生を過ぎたあたりから、年相応の平均身長に落ち着いていった。

そのせいで威圧感がなくなったのか、綺麗とか可愛いとか言われ始めるようになる。

文香さんも長かった前髪を切ったことで可愛らしい顔立ちが目立つようになり、彼女の周囲にも人が集まるようになった。

要は注目されるようになってしまったのだ。

正直、迷惑でしかなかった。

今更手のひらを返されても嬉しくなかったし、何より私達の周りに人が集まることによって、タカシとの時間が奪われたのが辛かった。

そしてもう一つの問題は、タカシと錬児君が友達になったこと。

二人はウマが合ったのか、いつも一緒に居るようになった。

男同士で遊ぶのは楽しいらしく、二人でプロ野球について喋ったり、ゲームの話で盛り上がる姿を見て、私にもそんな顔しなさいよ！　と猛烈に嫉妬したものだ。

何より、錬児君とタカシが友達になることで、私と二人っきりになる時間が減ったのがキツかった。

本当にキツかった。

私の相手をしろよ……。

大体、タカシもタカシだ。

隣にこんな可愛い女の子が居るのに、私を置いて遊び回るなんてありえない。

タカシはもっと私に執着するべきだ。しなきゃならないんだ。

私のことだけを考えていればいいんだ……タカシは、ホントおバカなんだから……。

この頃から、私はどうすれば振り向いてもらえるか考え始めるようになる。

気にかけてほしくて、構ってほしくて、どうすればいいか一生懸命考えるようになる。

私の魅力が伝わっていないなら、伝えなければならない。あわよくば、タカシが私に惚れるように仕向けなければならない。

高嶺《たかね》の花。

それくらい夢中にさせなければならない。

私は必死で考え、考えに考えた結果、
モデルを始めた。

私がモデルを始めると同時期に、スペースインベーダーの侵略が始まった。

生存戦争。本来なら全く笑えない事態なのに、私達は楽観的だった。

戦地が日本から遠く離れていること。

日本は出兵をしないと表明したこと。

戦争が始まっても、全く日常が変わらなかったことも相まって、みんな楽観視していた。

対岸の火事。

それが戦争に対する、最初の認識だった。


私が自分の魅力に慄《おのの》くまでに、それほど時間はかからなかった。

僅《わず》か半年、たった半年で、カリスマと呼ばれるほど人気が出てしまったのである。

最初は地方の商業誌で活動をしていただけだったのに、口コミが口コミを呼んで、一気に全国へと名前が広まった。

一躍、時の人になっちゃった。

嬉しい。

売れたことより、自分の魅力が客観的に評価されたことが嬉しかった。

ここまで人気が出たなら、さすがにおバカなタカシでも気付くだろう。あなたの隣にいた女の子は、みんなが羨む、絶世の美少女なんだぞって。

タカシは慌てるかもしれない。

私が急に、手の届かないところまで行ってしまったと動揺するかもしれない。

も、もしかしたら、自分のモノにしようと告白してくるかもしれないな……。

焦ったタカシに詰め寄られたら……い、いきなり唇を奪われたら、ど、どうしよう……

そして強引に押し倒されたら……ダ、ダメよ、ダメ！

まだ早い。私達はまだ小学生。

それに私も散々焦《じ》らされたんだ。タカシにも焦れてもらおう。

いきなりなんでもかんでも受け入れたら、ただのチョロい女になり下がってしまう。主導権は私が握りたいのに、それじゃダメだ。

で、でも……まぁ……キ、キスくらいなら……ま、まぁ……考えてあげてもいいけどぉ……。

この時、私の頭の中はお花畑だったんだと思う。

マネージャーも私を褒めまくるから、完璧に勘違いしてしまっていた。

凛子ちゃんは絶世の美少女だから！　惚れない男の子なんて存在しない！　って。

だから、タカシもそうなんだって思ってた。

思ってたの。

でも違った。

タカシは変わらなかった。

私がどれだけ売れても、どれだけ人気が出ても、どんなに男子生徒から告白されても、全く態度が変わらなかった。

それどころか、手のひら返しが激しくなっていく私の周囲を見て気の毒に思ったのか、

「凜子がどれだけ有名になっても、俺は変わらず友達でいるからな」

って変わらない優しさを見せてくれた。

嬉しい。

タカシがそう言ってくれるのは嬉しい。

でも、求めてる答えはそれじゃない。

むしろ変われ。タカシは見方を変えろ。今すぐ変えて。お願いだから。

小学校卒業の節目で私に告白してくるのかも……と夢見たが、あの野郎、普通に家へ帰りやがった。

全く変化のない関係。

どうすりゃ私に惚れるのよ！　っていう焦燥感に襲われた。

もう形振《なりふ》り構わず、アプローチすればよかったのだろうか？

遠回しに行動してきたのが、間違いだったのだろうか？

私がモデル稼業《かぎょう》に追われている間に、文香さんと錬児君は、よりタカシと仲良くなって

いるような気がするし。
私の選択は間違っていたのだろうか？
中学に上がり、もういっそのこと、タカシを襲って既成事実を作っちゃおうかなぁ……
と真面目に検討をし始めた頃、
タカシが学校を休んだ。

そのあとの記憶は曖昧だ。

辛《かろ》うじて覚えているのは、タカシの家に向かい、タカシの親から徴兵されたと聞いたことだけ。

ショックを受けた私は、その場で倒れてしまったそうだ。

まるで半身をもぎ取られたような、強烈な喪失感。

いつ戻ってこられるか分からない、恐らく、生きて帰ってこられないという現実。

タカシに二度と会えないという絶望的な確信。

ついこの間まで、隣で笑い合っていた大好きなタカシ。

私の話を、興味深そうに何時間も聞いてくれたタカシ。

私のワガママを、優しく受け止めてくれたタカシは、もう居ない。

しばらく、立ち上がることすら出来なかった。

タカシが徴兵されて、絶望のどん底にいた私の元に、文香さんから連絡が入った。

内容は、タカシが帰ってきた時の為に、お迎えの準備をしているというものだった。

毎日送られてくるメッセージ。

最初の頃は無視をしていたが、次々届く報告に私は焦りを覚え始めた。

【タカちゃんの為に、タカちゃんが好きだったプロ野球の勉強を始めました。ルールは割と簡単に覚えられたけど、選手ごとの特徴を覚えるのが大変だね。タカちゃんと錬児君はよく覚えてたよなぁ……私も会話に混ざれるよう頑張るね！】

【今日は、タカちゃんが帰ってきた時の為に、タカちゃんの好きだった牛丼を作ってみました。割と美味《おい》しく出来たけど、まだまだ牛丼屋さんには及ばない。隠し味があるのかな……？　明日も頑張ろう！】

【今日はタカちゃんと私の婚姻届を偽造しました。筆跡、保証人、捺印《なついん》、全て完璧に偽造出来た。タカちゃんが帰ってきたら即結婚だ。やったね】

文香さんは、前を向き始めていた。

私と同じようにショックで寝込んでいた文香さんが、タカシが帰ってきた時の為に、前を向き始めたのである。

私と文香さん、もしタカシが生きて帰ってきたなら、どっちを選ぶんだろう。

ずっとベッドで、ウジウジと泣いている私？　それとも、タカシの帰還を信じて、タカシとの幸せな未来に向かって努力する文香さん？

文香さんだろうな……。

そう考えると、ストンと胸に落ちるものがあった。

心が固まった気がした。

負けていられない。いつまでも泣いていられない。

恋のライバルがここまでやっているんだ。文香さんのライバルとして、このままじゃいられない。

文香さんが尽くす女なら、私は誰も手の届かない、最強の高嶺の花になってやる。

タカシが帰ってきた頃には、日本で私を知らない人は居ないってくらい、人気者になってやる。

そしてアイツが帰ってきたら、サクッと襲って、スマホで撮って、私との関係を認めさせてやるんだから！

逃げられないように、SNSで婚約発表して、即引退してやるんだから！

高嶺の花を奪った男と公表すれば、いよいよあとに引けなくなるだろう。タカシにはそれくらいしなければダメなんだ。

どこにも行かせないように、しなくちゃならないんだ。

拳に力が入っていくのを感じる。

希望が見えた気がした。

私は、タカシとの幸せな未来を夢見て、突き進むことを決意した。


あの決意から三年。

自分を磨き続けた結果、私の知名度は相当なモノになった。恐らく私に彼氏が出来たら、炎上するくらいにはなったと思う。

あとはタカシが帰ってきたら、襲って辞めるだけだ。完璧なプランだぁ……うへ……うへへ……。

涎《よだれ》を垂らしながら妄想してニヤニヤ笑っていると、スマホがピロンッと鳴った。

マネージャーから、通話アプリに連絡が入ったようだ。

送られてきたのは動画ファイル。他になんのメッセージもない。

いつもと様子の違うメッセージに、なんだろこれ？　って思いながら動画を開くと、
私の事務所で、複数の男が暴れ回っている映像が流れた。

しかも、暴れ方が人間の動きじゃない。気持ち悪いくらい速い動きで、まるで紙屑《かみくず》のよ

うに壁や机を破壊している。

な、何これ……？

いきなり送られてきた凄惨な映像に混乱していると、今度はマネージャーから着信が入った。

「れ、麗子さん⁉　こ、これはどういうことなの⁉」

『おぉ～……本物だぁ～。本物の桔梗原《ききょうがはら》凛子だ』

「え……え？　だ、誰よアンタ……れ、麗子さんは……？」

電話越しに聞こえてきたのは、成人した男性の声。

マネージャーだと思った電話から、知らない男の声が聞こえてくる。

恐怖で、思わず息を呑んだ。

『麗子って、このスマホの持ち主のオバさん？　安心しろよ。気絶してその辺に転がってるだけだから』

「は、はぁ⁉　れ、麗子さんに何したのよ‼」

『スマホを借りただけだから安心しろって。ババアに興味はねぇからさぁ……興味があるのは、お前』

「な……は、はぁ⁉」

粘り気のあるセリフに背筋が凍った。すごくいやな予感がする。

『俺、ずっとお前のことが好きだったんだよね。初めてテレビでお前を見た時から、何度も何度も妄想してたわ。メチャクチャにしたいって……』

いきなり男の欲望をぶつけられる。ここまでハッキリと言われたのは初めてだ。

気持ち悪ぃ。

『だからよぉ～……せっかく生きて戻ってこれたんだから、英雄の相手をしてもらおうと思って。お前も嬉しいだろ？』

「な、何をワケの分からないことを言ってるのよ！　キモイのよ！　バカじゃないの！」

『あ？　お前に拒否権はねぇから。断ったらコイツら殺したあとで、お前の家に行くからな。逃げても無駄だぞ。逃げたら家族を殺すから』

「え……？　な、なんで……私の家を……」

思わず呟いた疑問に、男が嬉しそうに答える。

『履歴書見つけたんだよねぇ～。ヒャッハ――――！』

「…………ぁ……ぅ……」

男のバカにしたような笑い声。

自分の置かれている状況に、焦りを覚え始めた。

『だから諦めてこっち来いよ。あ、警察呼んでも無駄だからな。さっきの動画見て分かるように、警察じゃ俺達を止められないし、そもそも戦争の恩赦で、好き勝手やっていいって言われてるんだから』

「せ、戦争……？　お、恩赦ってどういうことよ……」

『は？　何も知らねぇんだな……平和ボケのおめでたいヤツだわ』

ギャハハという複数の男の笑い声が、電話越しに聞こえてくる。本当に嫌悪感しか湧かない声。

『俺らはよう、デブリとの戦争の生き残りなんだわ。戦地で体をDOD《ディーオーディー》されたから、国から恩赦として好き勝手していいって言われてるワケ。分かる？』

「デブリ……？　DOD……？」

『あー……インベーダーとの戦争って言ったほうが分かるのか』

インベーダー。

その言葉を聞いて、心臓が跳ね上がりそうになった。

タカシの向かった戦争じゃないか。

「ち、ちょっと！　じ、じゃあ！　戦争は終わったっていうの!?」

『………あ？　終戦したことすら知らねぇのかよ』

「じゃあタカシは!?　タカシはどうなったの!?」

男の言葉を無視して、問いかける。

終戦したってことは、タカシは――――

『タカシ？　誰だそれ？　知らねえよ』

「……………え？」

『日本兵の生き残りは俺達だけだ。タカシなんて居ねぇよ』

……………居ない？

え？

い、居ないってどういうこと……？

え？

い、居ないって……死んだってこと……？

え？
タ、タカシは……戦争で……死んじゃったの……？
『まぁ、どうでもいいわ。とにかく今から来いよ。一時間以内な』

「……………」

『一時間経っても来なかったら、この事務所にいるヤツ全員殺してそっちに行くからな。さっきも言ったけど、逃げても無駄だから。逃げたらお前の家族を皆殺しにするから』

「……………」

『俺達に面倒なことをさせるんじゃねぇぞ。じゃ待ってるわ』

そう言って通話が切れる。

思考が全く、追いつかなかった。

7

凛子の家に到着すると、タイミングよく彼女が外に出てきた。

久しぶりに見た凛子は、顔色が悪く、暗い表情をしている。

なんだか様子がおかしい。風邪か？

「あの長い黒髪の子が凛子ちゃん？　大丈夫？　なんか死にそうな顔してるけどぉ」

「死にそうな顔してるな。フラついてるし」

ヨタヨタと歩き始める凛子に近づいて、声をかける。

「大丈夫か？　そんなにフラフラしてたら事故に遭うよ」

「……ぇ？　ぁ……はい。大丈夫です……心配して頂いてありがとうございます……」

「凛子ちゃん、タカスィに気付いてなくなぁい？」

ナタリーが凛子の顔を指差す。

確かに、虚ろな瞳で虚空《こくう》を眺めて、心ここに在らずといった感じだ。目の焦点が俺に合ってない。

「お～い。凛子～。大丈夫かぁ～？」

凛子の顔の前で手を振る。彼女は口を半開きにしたままボーッとしていた。

「完全に放心状態になってるねぇ～。ここまで反応がないと、イタズラしてもバレないかもぉ～。チューしちゃおっかなぁ～」

「おいコラ待てナタリー。凛子にイタズラなんて許さんぞ。俺が先にチューするんだからな！」

「キモイこと言ってんじゃないわよ！　バカタカシ！」

凛子に頭をぶっ叩かれた。

なんかすっごい懐かしい感じ。三年前はよく叩かれてたなぁ～。

「なんだ元気じゃん」

「そりゃ、いきなり唇奪われそうになったら元気にもなるわよ！　アタシの唇はタカシ限――」

そこまで喋って、凛子が固まる。

ようやく俺に気付いたようだ。

「………え？　タ、タカシ……？　な、なんで生きてるの……？　死んだんじゃなかったの……？」

「さすが凛子。久しぶりに会った友人に投げかける言葉じゃないよね。キュンキュンくるぜ」

これよこれ。

このキッツイのが凜子ちゃんよ。

変わらない反応に嬉しくなってくる。

恐らく、すっごい気持ち悪い笑顔を浮かべてるであろう俺を、ナタリーがニヤニヤ笑いながら揶揄ってきた。

「タカスィって、相変わらずキツイ女が好きだよねぇ〜」

「超好き。個人的にはもっとキツくてもいい」

「ただのドMじゃん」

アハハと笑い合っている俺達に、凜子が戸惑った様子で聞いてきた。

「タ、タカシ……ほ、本当に……タカシ……？　じ、じゃあ……さっきの電話は……？」

ワケが分からないといった様子で、涙を流す凜子。

……………うーん。

なんだろ、やっぱり様子がおかしい。

再会を喜ぶとか、生きていることが信じられないとか、そういう感じじゃないっぽい。

俺は、取り乱す凜子を落ち着かせるように、彼女の背中を摩《さす》った。

「日本兵の生き残り？　本当にそう言ったの？」

「う、うん……確かにそう言ってたわ」

宥めること数分。

落ち着きを取り戻した凛子が、事情を話してくれた。

なんでも、戦争から帰ってきたという日本兵に、凛子は脅されているらしい。

ついさっき連絡が入ったそうだ。

「日本兵の生き残りって何人居たっけぇ～？」

「俺を含めて三人だな」

「その中の誰かが、凛子ちゃんを脅してきてるってことぉ？」

「あの二人がそんなことするかなぁ？　帰還した喜びで、露出狂になったとかなら分かるんだけど」

「確かにぃ～。みんなアホだったもんねぇ～」

ナタリーも俺と同じように首を傾げている。

どう考えても電話をしてきたヤツが、嘘を言っているとしか思えなかった。

「タ、タカシ？　そ、その綺麗な人は誰？」

凛子が、俺とナタリーを交互に見ながら戸惑っている。

そういえば紹介してなかったな。

「ナタリー。挨拶」

「よろもぉ〜。アタシはナタリー・ターフェアイト・ピンクスターって言いまぁ〜す。タカスィとは軍で知り合って、毎朝二人で朝日を迎える、そんな関係をしてまぁ〜っす」

「えぇぇぇぇぇ!? ど、どんな関係なのよ!!」

「今は止めとこうなナタリー。凛子の問題が済んでからにしよう」

とにかく、殺すと脅してきている。

凛子と遊ぶのはそのあとだ。

「あんまり気にする必要ないんじゃなぁい〜？　どう考えても、帰還兵なんて嘘だと思うしぃ〜」

「だよなぁ……警察に言ったほうが早いか……」

軍の連中が相手なら俺らが行くけど、一般人が暴走してるだけなら国家権力に任せたほうがいい。

さすがに手加減出来んし。

「け、警察？　恩赦がどうのこうので、警察に言っても無駄だって言われたけど……」

「大丈夫だよぉ〜。そいつら帰還兵って嘘を吐いているだけだからさぁ〜。人質がいる以上、警察に任せたほうが無難だってぇ〜」

「そ、そっか……そうだよね！」

ナタリーの一言で、急に元気になる凛子。

俺達の楽観思考がうつったのか、ブツブツと文句を言い始めた。

「おかしいと思ったのよ……恩赦だから好き勝手出来るとか言ってさ！　デブリとかDODって、ワケの分からないことも言ってたし！　変な映像送ってくるから動揺しちゃったじゃないのよ！　バカ！」

ん？

今、なんて言った？

「凛子。デブリとDODって…………誰から聞いた？」

「え？　電話の男が言ってたわよ」

「…………………」

「…………………」

「ど、どうしたの？　二人とも怖い顔して……」

デブリは宇宙人の正式名称。

DODは身体改造を意味する、デブリ・オーバードーズの略。

両方とも、一般公表されていない、軍事機密だった。

凛子に電話をかけてきた男は、軍の関係者である可能性が高い。

デブリはともかく、DODは改造された兵士しか使わない隠語だ。

ってことは、日本兵の生き残りって話も本当である可能性が濃厚になってくる。

正直、信じられない。

「凛子。電話してきたヤツってどんな声してた？」

「え？　えっと……成人した男の人のような、低めの声だった」

低い声。

パッと思いつくのは龍一《りゅういち》さんだけど、あの人は妻子持ちだった筈。

帰還が決まった時も、家族と連絡を取り合って泣いて喜んでいたから……あの人が、家族を置いて犯罪行為に走るとは思えない。

じゃあ他に、男の日本兵が居るかって言われたら居ないんだよなぁ……仮に居たとしても、日常を渇望していたヤツらが、こんなことをするとは考え辛い。

脅してきた連中が、兵士を騙《かた》っているとしか思えなかった。

でもDOD発言……うーん……。

考え込む俺に、ナタリーが話しかけてきた。

「アタシ達の知らない生体兵が居たのかなぁ？」

「それはないだろ。ドズ化した兵士は必ず最前線に送られるし、日本兵なら、俺が知らないなんてことはありえないよ」

「でもさ、アタシ達の部隊で、ＤＯＤなんて言い回しするヤツ居なかったでしょ？　内地の部隊じゃないのぉ？」

「…………そういやそうだな」

ディーオーディーなんて言い辛いから、オーバードーズをモジって、ドズった、ドズった、って言い回しをしてた。

俺の知る限り、ＤＯＤなんて言うヤツは居なかった気がする。

「ね、ねぇ……二人ともどうしたの？　ＤＯＤとか、生体兵ってなんの話？」

凛子が不安そうな顔で聞いてくる。

不穏な気配を察したのか、拳をギュッと握り締めていた。

凛子には説明しないと不味いよな……思いっきり巻き込まれてるワケだし。

「今の状況を簡単に説明すると、凛子に電話をかけてきた連中は、本当に兵士である可能性が高いんだよ。軍事機密のＤＯＤを知ってるんだから」

「ＤＯＤってなんなの……？」

「ＤＯＤっていうのは、兵士を兵器に改造するって意味だよ」

「…………へ、兵器？　改造？」

「体を機械に変えたり、薬品を使って宇宙人に対抗出来たりするように改造するってこと」

「…………え？　う、嘘でしょ？　信じられないんだけど……」

「そうなんだよ……信じられない。日本兵の生き残りは全員知ってるけど、こんなことする人達じゃない筈なんだ。それなのに日本兵って……」

「え？　いや……そっちの信じられないじゃなくて……」

「ん？」

「え？」

「話噛《か》み合ってないじゃぁ〜ん」

俺達を指差しながら、ケラケラ笑うナタリー。

コイツだけ緊張感が全くないな。

「とにかく凛子の事務所に行ってみよっか。今そこにそいつら居るんでしょ？」

色々考えても仕方ない。直接会って確認したほうが早いかも。

「呼び出されてるから居るとは思うけど……まさかタカシが行くつもり⁉　警察は⁉」

険しい表情で、凛子が俺を止める。

「ここで悩むより、そいつらに直接会って確認したほうが早いと思うんだよね。軍が関係してるなら警察に連絡しても無駄だろうし。あ、俺達だけで行くから、凛子は留守番してくれる？」

「タ、タカシが行く必要ないじゃないのよ！　ダメよ！　絶対にダメ！」

姉さんの時も思ったけど、凛子も自分のことより人のことを心配するよな。

見た目で勘違いされやすいけど、本当に優しい子だ。

「大丈夫だよ。俺達に任せて」

「だから大丈夫じゃないでしょ！　絶対にダメ！　ダメだからね！」

「大丈夫だって。俺達も改造されているんだから」

「…………え？」

軽く放った一言で、凜子の顔が驚きの色に染まった。

8

事務所へ向かうタクシーの後部座席で、強引についてきた私は頭を抱えて蹲《うずくま》っていた。

ワケが分からない。

理解が全く追いつかない。

いきなり変な男から電話で脅されて、タカシが死んだと言われてショックを受けていたらタカシが急に現れて、しかも改造されたとカミングアウトされた。

なんなのこれ？　どんな状況なワケ？

タカシが帰ってきたことを喜ぶ暇もないし、喜ぶタイミングも完全に逃してしまった。

そもそも改造って何？　タカシの体は大丈夫なの？

隣に座るタカシの手を取り、モミモミと変なところがないか触診する。

特に変わりはない、普通の手だった。

「凛子の爪ってすごく可愛くなってるな。何これ？　春を意識してんの？」

「え？　ま、まぁ……ちょっとは……」

手のひらを揉む私のネイルを見て、呑気《のんき》に話し始めるタカシ。

なんでコイツ、こんなに緊張感がないのだろう。

「ねぇ……ホントに私達だけで大丈夫なの？　今からでも警察に――」

「ナタリー見てみろって。凛子の爪、すっげぇ可愛いぞ」

私の言葉を遮って、助手席に座るナタリーさんにタカシが声をかける。

振り返った彼女は身を乗り出し、私の指先を見て、ほえ～と唸った。

「ホント～だぁ～。咲きかけの桜が描かれて可愛いぃ～」

「ナタリーも凛子に教わってやってもらえばいいじゃん。これから夏だし、夏を意識した色にしようぜ」

「アタシ、こういうのやったことないんだよねぇ～。凛子ちゃ～ん。これって、このままお風呂に入ってもいいのぉ～？」

「ちゃんと対策すれば、お風呂に入っても問題ないわよ………って！　今はそんな話してる場合じゃないでしょ！」

能天気な会話を始めた二人を止める。

「なんで二人とも、そんなに落ち着いていられるのよ！　これから危ない目に遭うかもしれないのよ!?」

私の言葉に、タカシとナタリーさんがキョトンとした。

何この顔……まるで私が変なこと言ってるみたいじゃない……。

戸惑う私に、ナタリーさんが笑いかける。

「凛子ちゃん、心配しなくても大丈夫だよぉ～。ただ話し合いに行くだけだからさぁ～。な～んも危ないことなんてないよぉ～」

「な、何を根拠にそんなこと言えるの？　相手が話し合いに応じなかったらどうするの！」

「そんなことは絶対ないよぉ～」

「だ、だからなんで……」

「安心してぇ～。軍の関係者なら、絶対、絶対、応じるからぁ～」

「…………」

薄く笑い続けるナタリーさん。

人形のような可愛らしい顔立ちで笑っているのに、何故か寒気が走った。

なんだろこの感覚……まるで、すごく偉い人を前にした時のようなプレッシャー……。

「到着したみたいだし、とにかく行ってみよっか」

気が付くと、タカシの言う通り、タクシーは事務所の前に止まっていた。

呆然とする私を置いて、タカシが代金を支払う。

「運転手さん。領収書切ってもらっていいですか？　宛名はなしでぃいんで」

「タカスィ～。領収書なんて貰ってどうすんのぉ～？」

「軍に請求するんだよ。こんなに迷惑かけられてるんだから当然の権利だね」

「あ、なるほどぉ～。おっちょこちょぃのタカスィにしては中々やるじゃ～ん」

「だろぉ？　こちとら日々成長してんだよ」

どこまでも緊張感のない二人。

私がおかしいのか？　っていう錯覚に陥り始めていた。

タクシーから降りたタカシとナタリーさんは、間髪入れずに事務所へと入っていった。危険なことをしているという認識がないのか、躊躇《ちゅうちょ》も戸惑いもなく進んでいく。作戦とか打ち合わせとか、全くない。

ずんずん突き進む二人の後ろを慌てて追いかけると、ナタリーさんが大広間の扉を開けて、小さく呟いた。

「見っけ。ここに居たよぉ～」

ナタリーさんのあとに続いてタカシと私も中に入ると、複数の男達がこちらを睨みつけていた。

床には大量の酒瓶と、事務員が倒れている。麗子さんも隅のほうで倒れていた。男達の隣には、泣きながらお酌をする同期の菫《すみれ》さんの姿。恐怖で手は震え、しゃっくりをあげている。

凄惨な光景に、思わず息を呑んだ。

「お？　桔梗原凛子じゃ～ん。おっせぇよ！　もう少し遅かったらコイツら死んでたぞ！」

「なんか仲間連れてきてるな………凛子ぉぉぉ！　勝手なマネしていいと思ってんのかぁぁぁ!?」

「よく見ると、金髪の白人は可愛いぞ。いいじゃんいいじゃん。アイツは凛子と一緒にオモチャにしよう」

「男を連れてきたのは腹が立つな……あのガキは殺すか………」

次々と声をあげる男達。

彼らの脅すような言葉に、ものすごく不安になっていく。

「タカスィ～。見覚えある？」

「ない……ってか、六人も居るんだな」

「全員機械兵で、特殊生体兵はゼロだねぇ」

「ドズ化されてるのは間違いないのか」

タカシとナタリーさんは男達を見て、ブツブツと何かを話している。

話し合いになるとか言っていたのに、全然そんな雰囲気じゃないんだけど……。

「俺、凛子よりこっちの白人がタイプだわ。お嬢ちゃん、お名前教えてくれるかなぁ？　へへへ……」

舌舐めずりしながら、一人の中年がナタリーさんに近づいてくる。

粘り気のある視線に嫌悪感を覚えた。

「アタシに言ってるのぉ？」

「そうだよぉ～。おじさん、君が好きなんだぁ～。一緒に楽しいことしようよぉ～」

「ホントにアタシに言ってるんだ………ぷふ………あははははは！」

急に大声で笑うナタリーさんに、その場の空気が凍った。

本当に、本当に楽しそうに笑うナタリーさん。

脅すつもりで近づいてきた男も、彼女の様子に戸惑っている。

「タカスィ～聞いたぁ～？　アタシに言ってるんだってぇ～。ぷぷぷ～」

「………そういうことね……はぁ」

傍観していたタカシが何かに気付いたのか、呆れたような声を漏らした。

「お前ら戦争に参加してないのに、よく偉そうにしてられるな」

「あ、あぁ！　な、なんでテメェ……そんなことを！」

「当ててやろうか？　お前らが徴兵されたのって先々月だろ？　それで翌月終戦したから、改造だけ施されて戦争には参加せずにそのまま帰ってきたんじゃないのか？」

「な、なんでそんなこと分かるんだよ!!」

「俺も帰還兵なんだから分かるに決まってるじゃん」

ど、どういうことなんだろう。

「タ、タカシ、何か分かったの？　話が見えないんだけど……」

私の問いかけに、タカシが溜息を吐きながら答えてくれた。

「コイツらって徴兵されたのは間違いないんだけど、戦地には行かずに、そのまま帰ってきたんだよ」

「な、なんで……そんなことが分かるの……？」

「日本が選抜による徴兵制度を取っているのは知ってるよね？」

「う……うん……」

「アイツらって六人居るだろ？　日本って二ヶ月に一度、六人ずつ兵士を選出してたからアイツらの人数と合うし、ＤＯＤを知ってる割にナタリーを知らないところからも、そうとしか考えられない」

確かに、男達の人数を確認すると六人居た。

「四月に徴兵されて改造されている間に終戦したから、そのまま帰還したって流れだろうな。ナタリーを相手に、よくもまぁあんな態度取れるよ……」

「アタシは新鮮な反応で嬉しかったけどねぇ～」

「お前を知らない時点でモグリなんだよなぁ……」

要は、タカシ達とあの男達は面識がないってこと？

じ、じゃあ話し合いで解決出来なくなるんじゃ……。

私の予想は的中したようで、男達から次々と怒声があがった。

「あぁ⁉　だったらなんだって言うんだぁ‼　こっちは体をＤＯＤされてんだゴラァ‼　好き勝手する権利はあるんだよぉぉ‼」

「ねぇよそんなもん。俺だって体をドズられたんだ。その程度のことでいちいち騒がれてたら、こっちが迷惑するんだよ。しかも凛子を標的にしやがって……」

淡々と言い返すタカシ。

珍しく苛立っているのか、口調がかなり冷たい。昔、私に向かってデカ女と罵った同級生に、怒った時のような声だ。

「舐めた口利《き》いてんじゃねぇぞクソガキ！　俺達は人類の為に戦争へ向かったんだ！　今の平和は、俺達のおかげで成り立ってるんだ！　英雄なんだよ俺達は！　英雄に尽くすのは当たり前だろうが！」

「は？　戦闘もしてねぇのに、よくそんなクソみたいな発言出来るな。今からでも戦地に行って、体張ってこいよバカタレ」

煽るような言葉に、男達の顔色が変わる。怒気と殺意の入り混じった、危ない目つきになっていく。

そんな男達をタカシが睨みつけた。

「英雄っていうのは、戦場で散っていった兵士達のことを言うんだよ……お前らがバカみたいなマネをすると、兵士全体の評判が落ちるんだ……死んでいった英雄が、報われなくなるんだよ!!」

タカシの語気が荒くなり、顔色も変わる。

み、見たことがない……ここまで怒ったタカシは……。

「知るかボケ！　クソガキがイキってんじゃねぇぞコラ!!」

「イキる？　こっちは必死になって生き残ろうとしてきたんだ！　生きるに決まってるだろうが!!　ふざけんじゃねぇぞ!!」

「ひゃっひゃっひゃっ。タカスィ～、会話が噛み合ってねぇってぇ～」

呑気なナタリーさんの声が響く。

彼女の顔は、言葉とは裏腹に笑っていなかった。

「アンタらもう止めとけってぇ～。同じ生体兵のよしみで忠告するけど、今すぐタカスィに土下座で謝って自首しなよぉ～。後悔するよぉ～」

「するワケねぇだろ！　ガキが大人に舐めた口利きやがって……ぶっ殺してやる！」

「そっか。じゃあ後悔しろ」

ナタリーさんの口調も変わる。

空気が一気に冷たくなっていくように感じた。

男達が立ち上がり、両腕をバコンッバコンッと鳴らす。機械音と共に、その腕が黒い鉄腕へと姿を変えていった。

機械化されたという、彼らの武装なのだろうか。血走った目で、今にも襲いかかろうとしていた。

「タカシ、フィルム纏う？」

「必要ねぇよ……こんなヤツら。ナタリーは右の三人を頼む」

「了解。生死は？」

「……………殺さないでやって。腐っても同じ兵士だし」

「優しいねぇ……了解」

タカシとナタリーさんも迎え撃とうとしていた。

話し合いは、どこへ行っちゃったの……？

9

信じられない光景に、私は目を疑った。

ナタリーさんが、一番近くにいた中年の男を投げ飛ばした。

いや……これは……投げ飛ばしたって言っていいのかな……？

普通、人を投げるには柔道のように組みついて投げる、というのが私の中での常識。

それなのにナタリーさんは、片手で相手の腹を掴み、持ち上げ、軽々と放り投げた。

それだけでも異常なのに、投げ飛ばされた男は放物線を描くワケでもなく、とんでもない速度で水平に飛んでいく。そのまま勢いよく壁に叩きつけられ、ついには動かなくなってしまった。

し、死んだんじゃないの……あれ……。

呆然とする私と、明らかに動揺が広がっていく男達。

好戦的だった態度は影を潜め、彼らは後退《あとずさ》りしていた。

想像していたものと違っていたのだろう……タカシとナタリーさんを見る目に、怯えの色が混じっている。

「お、お前！　こ、こっちに来い！」

「きゃあ！」

一人の青年が、お酌をしていた同期の菫さんに飛びかかった。

人質にしたかったのか、逃げられないように首に腕を回し、鉄腕を振りかざす。

「コ、コイツがどうなっても――」

「よくねぇよ」

一瞬で距離を詰めたタカシが、青年の両手首を摑み込み、菫さんを解放するように、ゆっくりと腕をひねり上げていく。

「ごめんね。ちょっと離れてくれる？」

「は、はい……！」

そそくさと腕をすり抜けて脇へ逃げる菫さん。

タカシはそれを見届けると、青年の鉄腕を握り潰し、すさまじい速さで往復ビンタをかました。

破裂音が響き渡り、目と鼻と耳から血を吹き出しながら青年が崩れ落ちる。

顎も外れたようで、歯が何本か抜け落ちていた。

私の知ってるビンタじゃない。

「か、勘弁してくれぇぇぇ！　勘弁してくれぇぇぇ!!　た、助けてくれぇぇぇぇぇぇぇぇ!!」

タカシに目を奪われていると、今度は初老の男の叫び声が聞こえてきた。

目を向けると、ナタリーさんが男の足を摑み、引きずって歩いている。

そのまま壁の近くまで移動した彼女は、片手でジャイアントスイングのように、男を振り回し始めた。

「ち、ちょ、ちょ、ちょ、や、やめ、やめ、た、たす、助けてぇぇぇ!!」

悲痛な悲鳴が漏れるが、悲しいことにそれで終わりではなかった。

ある程度勢いがついてきたところで、ナタリーさんは男を壁に向かって叩きつけ始めたのである。

何度も、何度も、ボロ雑巾のように体を壁へ叩き込まれていく男。白い壁が、赤く染まっていく。

文字通り血だるまになっていく光景に、その場にいた全員が絶句した。

人間の力じゃない……ゴリラ？　ナタリーさんがゴリラに見える……。

凄惨な光景に、男達はついに発狂した。

「うわあああああ!!　うわああああああああああ!!」

「ゆ、許して下さい!!　ご、ごめんなさい!!　ごめんなさい!!　ごめんなさい!!」

オシッコを漏らしながら、泣いて懇願する男達。

最早、最初の威勢なんてどこにもない。

必死で床に、頭を擦《こす》り付けていた。

「バッチぃなぁ……何漏らしてんだよぉ……」

うんざりした様子で、ナタリーさんが侮蔑の視線を向ける。

壁に叩き込まれていた初老の男は、誰が見ても分かるくらい、虫の息になっていた。

「ゆ、許して下さい!! 申し訳ありませんでしたぁぁ!!」

「なんだよ急にぃ～。さっきまでの威勢はどこ行ったんだよぉ～」

「勘弁して下さいぃぃ!! ごめんなさいぃぃ……うわぁぁぁぁぁ……」

「あんまり泣くなよぉ～。罪悪感が湧くだろぉ～」

軽い口調で、泣いている男の髪を掴むナタリーさん。

さっきまで初老の男を叩きつけていた壁に、男を引きずっていった。

「まぁ、止めるつもりはないんですけどぉ～」

そう言って男を転がし、再び叩きつける準備を始める。

「この壁、まだまだ白いところが沢山あるだろぉ～？ 残った三人で頑張れば、綺麗な赤に染められると思うんだよねぇ～。模様替えといこうぜぇ～」

そして、無邪気な顔でニコニコと笑った。

軽い口調で恐ろしいことを言う彼女に、男達が喚き叫ぶ。

「うわぁぁあああ!! 助けてぇえええ!! ゆ、許して!! 許してぇぇえええ!!」

「お願いします‼　勘弁して下さい‼　自首します‼　自首しますからぁぁぁ‼」

「うぇぇぇぇん……うぇぇぇぇぇぇん……」

泣き叫ぶ男を無視して、ナタリーさんが「あの辺が白いな……うっし、やるぞぉ〜」と意気込む。

私は思わず止めに入った。

「ナ、ナタリーさん！　も、もういいんじゃない？　こんなに謝ってるワケだし」

「え？　凛子ちゃんはこの壁気にならないのぉ？　こんな中途半端だと、かえって目立つと思うんだよねぇ〜」

「えぇぇ……」

ナタリーさんの目的が、男達を止めることから、壁を如何《いか》に血で染めるかってことに変わってしまっていた。

可愛い顔して、なんてことを言ってるのよ……。

ドン引きしていると、タカシも止めに入る。

「もういいよナタリー。コイツら完全に戦意喪失してるし」

「えぇ〜……タカスィはこの壁気にならないのぉ？」

「気にならないよ。ホラー映画じゃないんだから、血に染まった壁なんて誰も見たくないって」

「えぇ～……気になるのになぁ……ねぇ？　そう思うでしょ？」

そう言って、泣きながら土下座する男達に話を振るナタリーさん。

何度も、気になるよねぇ？　気になるよなぁ？　気になるって言えよ、聞いてるのかお前ら、無視かコラ、と脅しあげる彼女に、頷くことも、答えることも出来ず、俯いて震える男達。

大の大人が、一人の少女に怯え続けるという異常な光景は、しばらく続いた。


その後、男達は、タカシの呼んだ軍の関係者によって連れて行かれた。

ナタリーさんがずっと脅し続けたからか、誰も抵抗せずに素直に連行されていった。

彼らはこれから生涯をかけて戦地の復興に努めるらしい。恐らく日本へは二度と戻ってこれないそうだ。

重い罰のような気もするが、もしもタカシ達が居なかったら今頃酷い目に遭ってたと思うと、彼らに同情なんて出来なかった。

恩赦っていうのも嘘だったようだし。

自分達で蒔《ま》いた種は、自分達で刈り取ってもらおう。

ちなみに、ボコボコにされた男達は全員生きていた。

あのあと、普通に目を覚ましていたから回復力だけは相当なモノなのだろう。死んでいなくてちょっとホッとする。

ナタリーさんの顔を見て、再び失神してたけど。

「今日は色々あったなぁ……」

「ホントだよ……」

軍の関係者を残して、解放された私と菫さん。

本当はタカシとナタリーさんも解放される筈だったが、駆けつけた軍の偉い人によって呼び止められていた。

なんでも、タカシ達をこのまま帰してしまったら国際問題に発展してしまうと泣かれたそうで、二人は渋々といった様子で現場に残ることになった。

誰が見ても分かるくらい、階級の高いおじさんが号泣してたからなぁ……さすがに断れなかったんだと思う。

麗子さんや、他の事務員のみんなも大事には至らず、無事に意識を取り戻した。

ただ、男達によって軽い怪我《けが》を負わされていたので、念の為病院に搬送されている。

ちなみに、今回の件で被害を受けた私達には、国から慰謝料が支払われるそうだ。事務所の修繕費も全て払ってくれるらしい。

その代わり、今回の件は他言無用と言われたけど。

まぁ、こんな話、言ったところで誰にも信じてもらえないと思うから、別にいいんだけどね……。

「あ、あのさ……さっきの男の子って……凜子の知り合い？」

ぼんやり今日のことを思い返していると、隣を歩く菫さんに話しかけられた。

同期だけど一つ年上で、普段は軽い口調で喋るピンク髪のギャルなのに、今は言葉に詰まりながら乙女のようにモジモジとしている。

なんだこの仕草……なんだか嫌な予感がするんだけど……。

「タカシのこと？　アイツは私の幼馴染よ。一緒に居た白人の女の子は、今日初めて会ったけど」

「あ……タカシ君って言うんだぁ……そっかぁ……」

頬を染めて、可愛らしく、えへへと笑う菫さん。

嫌な予感に拍車がかかる。

「お、幼馴染ってことは、凜子と同じ年齢？」

「……………そ、そうよ……それがどうしたの？」

「そっかぁ……年下かぁ……」

何故タカシの年を聞く？　関係ないでしょ。

嫌な予感が、確信へと変わっていく。

「タカシ君って付き合ってる人いるのかな？　こ、今度、タカシ君を紹――」

「紹介しないわよ」

「介してほしいんだけど…………え？」

「紹介しないわよ」

乙女の顔から一変、絶望した表情へと変わっていく。

悲しそうな顔しても、無理なモノは無理。

「な、なんでよぉ！　紹介してよぉ！」

「無理よ。っていうか菫さんはイケメンで、年上で、お金持ちじゃないと付き合わないって、普段から豪語してたじゃない。なんでタカシなのよ」

「いや……そうなんだけどぉ……タカシ君は別っていうかぁ……」

再びモジモジし始めた恋敵が、ブツブツと何かを語り始めた。

「あ、あのね……さっき人質に取られそうになった時、タカシ君が私を助けてくれたでしょ……？　あの時からドキドキが止まらないんだよね……タカシ君を見てると、堪らない気持ちになっちゃうっていうか……」

「吊《つ》り橋効果と緊張からくる不整脈ね。断じて恋ではないわ」

「たぶん……これって恋だと思うの……どうしよ凛子ぉ～……胸が苦しいよぉ～……」

「恋じゃないって言ってるでしょ！　絶対紹介しないから！」

そんなぁ～……イジワルしないでよぉ～……と縋りつく菫さん。

無理に決まってんじゃん。なんで十年近く片想いを続けた相手を、紹介しなきゃなんないのよ。

私は心を鬼にして、菫さんを振り解いた。

10

翌朝。

「ちょっとぉ！　来るなら来るって前もって連絡しなさいよ！　化粧出来なかったじゃん！　バカァ！」

朝イチで凛子の家に訪れると、凛子がプリプリしながら外に出てきた。コミカルな動きが本当に可愛い。

変わらない元気な様子に、心底安心した。

「昨日色々あったから、凛子のことがどうしても心配になって。急に来てごめんね」

「な、何言ってるのよ！　適当なことばかり言わないでよね！」

「いや……本当に心配で来たんだけど……」

「うぇ………え？」

昨日は軍のおっさんに呼び止められて、凛子のフォローが出来なかった。

あんまり泣き縋られるから仕方なく現場に残ったのに、まさか軍の連中が、なんのフォローもせずに彼女を帰すとは思ってもみなかった。

凛子被害者だぞ。せめて家まで送っていけよ。

軍の関係者がやらかしたことなのに、気が回らなくて本当に腹が立つ。

凛子には悪いことをしてしまった。

「昨日はショッキングな出来事が続いたから、凛子、落ち込んでるかなって思って」

「べ、別に私は大丈夫よ。でも……心配して来てくれたんだ……ありがと……」

嬉しそうな顔で、ニヤニヤと笑みを浮かべる凛子。

その様子を、注意深く窺《うかが》う。

俺の見る限り、大丈夫そうに見える……シェリーまでとは言わないけど、せめてナタリーくらいの洞察眼があれば、もっと確実に分かるのに……。

心配そうに凝視する俺を不憫《ふびん》に思ったのか、凛子が明るく声を張り上げた。

「そんな顔しなくても大丈夫よ！　あの程度の脅しなんてSNSでしょっちゅうだし、いちいち落ち込むほど私は弱くないわ！」

「それはそれでどうなんだよ……余計心配になるだろ」

「それくらい大丈夫だってこと！　それにタカシとナタリーさんが居なかったら、私、今頃どうなってたか分からなかったのよ⁉　二人には感謝しかしてないんだから、そんな顔しちゃダメ！」

「…………………うん」

「そもそも！　私達が今するべきことはこんな話じゃないわ！」

そう言って凛子は大きく両手を広げた。

「お、おいでタカシ！」

「…………え？」

「昨日出来なかった再会の続きを始めるわよ！　だ、だからおいでタカシ！　わ、わ、私の胸に飛び込んでらっしゃい！　だ、だ、抱き締めてあげるんだかりゃぁぁ！」

どんどん顔が真っ赤になっていく凛子。相当恥ずかしいのか、勢いだけで喋っているのが分かる。

たぶん……凛子なりに、俺が気を使わないように配慮しているんだろう。やっぱり優しいヤツだ。

なら、俺がやるべきことはただ一つ。

「うおおおおおおお！　凛子おおおおおお！　帰ってきたぞおおおおおお！」

「ちょ、ちょっとぉ！　もっとこう……ムードっていうのを……もう!!　バカァ!!」

飛びつく俺を、怒りながら抱き締める凛子。

昔に比べ、細く小さくなった彼女の身体。

この三年で体格が逆転してしまっている。月日の経過を感じた。

「ただいま凛子。なんとか戻ってこられたよ……」

「おかえりタカシ。待ってたよ……ずっと……ずっと……」

失った月日を埋めるように、そのまましばらく、俺達は何も言わず抱き締め合った。


その後、凛子には色々なことを質問された。

まず改造について。

これについては姉さんに説明した時と同じように、言葉を濁しつつ話せる範囲のことを伝えた。

正直、昨日の俺とナタリーの戦闘を見て、俺達のことを怖がっていないか心配だったけど、

「私の為に戦ってくれたのに、怖がるなんて失礼なことするワケないじゃない！　バカにしないでよね！」

と、漢《おとこ》らしい回答をしてくれた。

さすがサババサバ凛子ちゃん。スカッとしてるぜ。

次にナタリーとの関係について。

これについては、相当しつこく聞かれた。

出会いから今に至るまで、どんな会話をしたとか、スキンシップはしてるのかとか、同

棲なんて許さないわよとか、こと細かく聞かれ、色々言われた。

最終的に、姉さんが一緒の部屋で寝ていることと、俺とナタリーの適当なやり取りを思い出したのか、納得していない様子で納得してくれた。

「まぁ……いいわ。ナタリーさんと何もないってことだけは分かったから納得してあげる。でもね、このあと、時間取ってもらうからね！」

ビシッと指差す凛子。

なんでこんなに責められているのか分からないが、納得してくれたならそれでいいや。

凛子も文香みたいになってきたな。

「どれくらい付き合えばいいの？」

「そ、そうね………に、二時間……い、いや！　充電もしなくちゃいけないから三時間よ！　三時間！」

昼過ぎじゃん。

「三時間も何すんの？」

「そ、それは……色々よ！　色々！」

「何をするか教えてくれよ。昼前には帰るって、ナタリーと姉さんに言ってあるんだから」

昼飯にラーメンを食べに行こうぜって二人と約束していた。

とんこつで脂まみれの、体に悪そうなラーメンを食べようって。凛子も来るならいいけど。

俺の言葉に、凛子がぐぬぬと呻く。

「じ、じゃあ……二時間……半で……や、やっぱりダメ！　四時間必要だわ！　四時間！」

「内容言えって言ってるんだよ。誰も時間刻めなんて言ってないし……しかも増えてるし……」

ハッキリ言う凛子にしては、やけに口籠もる。

先に約束した手前、ナタリーと姉さんを優先したいけど、昨日の件もあるからなぁ……。

ここで断るのは、さすがに悪い気がしてきた。

「まぁ……いっか。昨日迷惑かけたし、今日は凛子に付き合うよ」

「ほ、本当？　やった……！」

「ちなみにどこへ行くつもりなの？」

「どこへも行かないわよ！　私の部屋でヤることだから！」

可愛らしい顔を、ネチャッとさせて凛子が笑う。

四時間も室内で何するんだろ。充電って言ってたしゲームかな？

「取り敢えず姉さんに、予定が変わったって連絡するから待っててくれる？」

「え、ええ！　かまわないわ！」

ポケットからスマホを取り出し、画面をタップする。

姉さんの番号を探していると、タイミングよく姉さんから着信が入った。

『もしもしタッ君？　今大丈夫？』

電話越しに聞こえてくる、姉さんの優しい声。その奥で、ナタリーと、どこか聞き覚えのある女の口論が聞こえてくる。

「大丈夫だよ。何かあったの？　後ろが騒がしいけど」

『あ、あのね……シエルって人がウチに来て、タッ君を出せって騒いでるの……』

「シエル？」

シエル、
シエル、
シエル。

……………………ん？

「シエルって、もしかしてシエル・アイスランド？」

『アイスランド……？　ち、ちょっと聞いてみるね』

姉さんの声が遠くなり、何やらゴニョゴニョと話し合う声が聞こえてきた。

『そうだって言ってるよ』

シェリーじゃん。

4. 戦地から帰ってきたタカシ君。普通に戦友と暮らしたい

1

凛子と別れ、急いで自宅へと戻る。

屋根から屋根へと飛び移り、住宅街を最短距離で駆け戻る。

不味い。

ナタリーとシェリーが、姉さんの前で口論している。

本当に不味い。

あのバカ二人のことだ。一度でも頭に血が上れば、周りのことなんて気にせず喧嘩を始めるだろう。

軍にいた頃、アイツらの喧嘩に巻き込まれて、何十人もの生体兵が医務室送りになった。

俺達と同じ生体兵でそれだ。

一般人の姉さんが巻き込まれたら、病院送りでは済まないだろう。

最悪、命を落とすかもしれない。

マジでヤバい。

とにかく急いで戻らなければならない。凛子には悪いことをしたけど、今はそれどころじゃない。

トップスピードのまま駆け戻る。屋根から屋根へ飛び移る。

自宅までおよそ四キロ。俺の足なら一分で戻れる筈。

「頼むから無事でいてくれよ……姉さん！」

自宅に戻ると、玄関先で頭を抱えて蹲っている姉さんの姿が見えた。

「姉さん！　大丈夫⁉」

俺が慌てて駆け寄ると、彼女は「うぇぇぇぇん」と泣きながら抱きついてきた。

「タ、タッく〜ん……え、えらいこと……えらいことになっちゃったよぉ〜……」

首筋にしがみつき、スーハースーハー深呼吸をする姉さん。

いつもと変わらない様子にホッとする。

「無事でよかった。ナタリーとシェリーはどこ？」

「シェリー？　あの子がシェリーちゃんなの？」

「そうだよ。シエル・アイスランドがアイツの本名で、シェリーはただの愛称。それより二人はどこにいるの？」

俺の質問に、姉さんが庭先を指差す。

「え、英語で喚き合いながら、あそこで殴り合いをしてるよ……」

姉さんを巻き込まないように、場所は移して喧嘩しているのか……最低限の理性は残っていたようだな。

安堵しつつ庭へ向かおうとすると、姉さんに腕を掴まれた。

「タッ君！　い、行っちゃダメ！　危ないって！」

鬼気迫る表情で呼び止められる。かなり怯えているように見えた。

その様子に、なんとなく嫌な予感。

「もしかして見た？」

「な……何を……？」

「アイツらが殴り合ってるところ」

「う、うん……」

「どこか変なところなかった？　例えば……体の色が変わったりとか」

姉さんの顔が、なんで分かったの？　って表情に変わっていく。

「そ、そうなの！　ふ、二人ともドス黒く発光して！　タ、タッ君……あれって何？　何が起こってるの……？」

……………はぁ。

まいったな。二人とも完全にブチ切れてるらしい。

特殊生体兵の切り札、フィルムまで使ってるっぽいし。

庭に移動すると、姉さんの言う通りナタリーとシェリーが殴り合っていた。

距離を取って闘うなんて女々しいことはせず、お互い向かい合い、足を止め、漢らしく拳を交わしている。

拳が繰り出される度に大気が震えるほどの衝撃が鳴り響く。ボコンボコンと鈍い音が轟《とどろ》く。

兵器と遜色のない彼女達の殴り合いのせいで、周囲の地形が無惨《むざん》に歪んでいた。

どうすんだよコレ。

二人のせいで庭がグチャグチャじゃないか。父さんに怒られるだろ。

「おーい。そろそろ止めとけよお前らー」

軽く声をかけるが止まる気配がない。完全に、頭に血が上っているようだ。

「バカちん共め……間に入らなきゃ止まりそうにないな……」

「タ、タッ君！　ダメだって！　やめてー!!」

姉さんが俺の腰にショルダータックルをかましてくる。

「あの中に入ったら死んじゃうよ！　お願い！　やめて！」

「いや、アレを放置するワケにもいかないでしょ。庭がとんでもないことになってるし」

今もナタリーがシェリーに踵落《かかとお》としをしたせいで、地面に大きなクレーターができた。

シェリーもシェリーで、アレを食らってもすぐさま体勢を整え、ナタリーの脇腹へカノン砲のようなレバーブローを放っている。

このまま放っておくと、この辺り一帯が更地になりそうな雰囲気だった。

「そ、そうだけどさ！　でも、あんな竜巻みたいな殴り合いの中に入ったら、タッ君死んじゃうよ！」

必死で止める姉さん。

まぁ、初見ならそう思うよな。

今のナタリーは、綺麗な金髪や美しい白い肌が赤黒く変色しているし、シェリーも同じように、アイツの銀髪や白い肌が青黒くなっている。

化け物にしか見えない。

そんなヤツらが人智を超えた力でぶつかり合っているんだ。姉さんが怖がるのも仕方ないだろう。

「落ち着くまで見守ってようよ！　ね!?」

困り眉を寄せて懇願してくる姉さん。言いたいことは分かるが、そうも言っていられない。

「さすがに無視出来ないでしょ。近所の人に見られたら困るし」

「ダ、ダメだって！　危ないって！」

「俺も同じようなことが出来るから大丈夫だって。まぁ見ててよ」

「え？」

さすがに俺でも、あの中に丸腰で入ることは出来ない。

ナタリー達と同じようにフィルムを展開する。

体の内側からデブリの細胞を露出させ、銀色の膜を肌に覆わせた。

「タ、タッ君……？」

戸惑う姉さんを置いて全身をフィルムで覆った俺は、ナタリーとシェリーの拳を掴み、強引に引き離した。

「お前らいい加減にしろって！　姉さんがビビってるだろ！　落ち着けって！」

俺の一喝に二人の動きが止まる。

ようやく俺の存在に気付いたのか、彼女達は肌に纏っていたフィルムを解いて、言い訳を始めた。

「タッカスィ!!　アタシ悪くないよ!!　シェリーがいきなり殴りかかってきたんだもん!!」

「タカシ君！　ワタクシは悪くありませんわ！　ナタリーさんが悪いんですの！　抜け駆

けしたのですから！」

「抜け駆けってなんだよ！　変な言いがかりすんな！」

「言いがかりじゃありませんわ！　現に抜け駆けされてたのですから！」

ギャーギャー騒ぐバカ二人。

取り敢えず喧嘩は収まったので一安心。俺も体を覆っていたフィルムを解く。

「どうしたんだよシェリー。わざわざ俺んちまで来て、何か用か？」

何気なく言った一言に、彼女は特徴的な三白眼を細め、怪訝そうな顔をした。

「何を仰《おっしゃ》ってますの？　ワタクシ、ずっとタカシ君の帰りを待っておりましたのよ？

むしろ、軍にはいつ戻ってこられるのですか？」

「え？　戻るつもりなんてないけど」

「…………………は？」

明らかに動揺し始めるシェリー。口をアワアワさせて半泣きになっていく。

「だ、だって……ガーネット総監が……タカシ君は一時帰国しただけだから、必ず帰って
くるって……じ、実際、軍にはタカシ君の名前が残っておりましたし……」

何言ってんだ？　何か勘違いしてないか？

「名前だけは残してあるんだよ。じゃなきゃ日本に帰ることすら認めてもらえなかった
し」

「う……嘘……で、では……ずっと日本に居るつもりですの……？」

「うん」

三白眼にじんわりと涙が溜まっていく。

溜まるだけでは留まらず、ポロポロと涙が溢れてくる。

堰《せき》を切ったように、シェリーが大声で泣き始めた。

「ど、どうしたんだよシェリー。何泣いてんだよ」

「うわ――――ん！　酷いですわぁ――――！　あんまりですわぁ――――！」

うぇーん、うぇーんと子供のように癇癪を起こす。

なんだこれ？　手に負えないんだけど。

「ナタリー……シェリーから何か聞いてる？　いつにも増して、残念な感じになってるんだけど」

「知らな～い。いきなり殴りかかられたから、な～んも聞いてないよぉ。うっとうしいからこのバカ、軍に送り返そうぜぇ～」

泣いているシェリーを、鬼のような形相で睨みつけるナタリー。

結構本気で怒っている。

ナタリーがここまで怒るってことは、喧嘩の発端はシェリーだな。

「取り敢えず話だけは聞いてやろうぜ。なんか事情があるっぽいし」

「仕方ねぇなぁ～」

「シェリーも泣いてないで家に入れよ。話聞いてやるからさぁ」

「びえええええん。びえええええええん」

「相変わらず泣き虫だな……お前は……」

シェリーの頭をチョップしていると、姉さんがそばに近寄ってきた。

「タ、タッ君……な、何がどうなってるの……？」

「さぁ？　俺にもよく分かんない」

「さ、さっきの発光は何？　怪我してない？　大丈夫？」

「あー……大丈夫だよ。ごめんね。心配させて」

なんか、姉さんにどんどん軍事機密がバレてしまってる感じがする。

話すつもりなんてないのに、話すしかない状況になっていく。

心配そうな視線を向けてくる姉さんに、取り敢えずアハハと笑って誤魔化した。

2

テーブルを挟んで、シェリーちゃんと向かい合うように座る私達。

こうやって改めて見ると、シェリーちゃんは尋常じゃないくらい、可愛いらしい顔立ちをしている。

いや……可愛いだけじゃ言葉が足りない。神秘的なほど彼女は美しかった。

銀髪のおかっぱに、色素が抜け落ちたような白い肌。小顔の割に大きな三白眼が特徴的。

涙と鼻水で残念な感じになっていなければ、私は間違いなく見惚《みと》れていただろう。

ひまわりのような愛くるしい容姿を持つナタリーちゃんとは、方向性の違う美少女だ。

文香ちゃんといい、凛子ちゃんといい、タッ君の周りは美少女率が高くて困る。

困る……。

本当に困るよぉ～……。

「ほら、これで顔拭けよ」

タッ君がボックスティッシュを投げ渡す。

シェリーちゃんを異性として全く意識していないのか、かなり雑な扱いだ。

こんな美少女相手に、ある意味すごい。

「タカシ君……シェリーはすごく傷ついておりますわ……タカシ君の手で、ワタクシの涙を拭いて下さいまし……」

シェリーちゃんのワガママ発言に、タッ君の顔が心底イヤそうなモノへと変わっていく。

「それくらい自分でやれよ……子供じゃないんだからさぁ」

「いいではありませんか！　少しくらいは優しくしてくれませんと、ワタクシ立ち直れませんのよ！　お願いしますわ！　はよ！」

「仕方ねぇなぁ……ナタリー、シェリーの顔拭いてやって」

「にしししし。あいよぉ〜」

悪い笑顔を浮かべたナタリーちゃんがティッシュを七、八枚引き抜くと、シェリーちゃんの頭を動かないように押さえ込んで、強引に顔を拭い始めた。

「イ、イタッ！　イタい！　イテぇですわ！　な、なんでナタリーさんにやらせますの⁉　ワタクシはタカシ君に――――」

「遠慮すんなよシェリー。アタシとアンタの仲じゃねぇかぁ〜。おらおらおらおらぁ〜」

「イタッ！　イタい！　イ、イテぇですって！　やめろですわぁ‼」

シェリーちゃんがナタリーちゃんの手を叩き落とし、フーッ、フーッと威嚇する。

彼女が再び涙目になったところで、タッ君が本題に戻った。

「一体どうしたんだよ。わざわざ俺んちまで来るなんて、何かあったのか？」

「タカシ君はもっとワタクシに発情しろですわ！　泣いてる美少女が目の前にいるのですから、下心満載で優しくするのが礼儀ですわよ！」

「バカなこと言ってないで、早く俺の質問に答えろよ」

「うぅ〜……優しくして下さいましぃ〜……」

ブツブツと泣き言を言いながら、シェリーちゃんがポツポツと事情を語り始めた。

「終戦後……タカシ君が母国に帰国したというお話を聞きましたので……ワタクシ、タカシ君が戻ってきた時の為に、色々と準備してましたの……」

「あのさ、さっきも気になったんだけど、なんで俺が、軍に戻る前提の話になってんの？」

不思議そうな顔をするタッ君。全く身に覚えがないといった様子。

「それは、『タカシ君は退役していない。家族に安否の報告をする為に帰国しただけだから、すぐに戻ってくる』と軍が発表したからですの」

「は？　何それ？　なんでそんなことに……」

「まぁ、今になってみれば理由は分かりますけどね。急にタカシ君が居なくなって、みんな混乱してましたから。タカシはどこに行った！　タカシを出せ！　って……暴動も起こりそうでしたし、混乱を避ける為には仕方なかったのでしょう」

「みんなには悪いことしちゃったなぁ……ちゃんと説明してから帰ればよかった……」

彼女の話を聞いたタッ君が肩を落とす。

そんな落ち込むタッ君を、ナタリーちゃんがフォローした。

「タカスィが気にする必要ないだろぉ～。別に報告義務なんてないんだからさぁ～」

「……そうかな？」

「そりゃそうだろぉ～。だって何も言わずに帰っていったヤツなんて山ほど居たんだからさぁ～」

「それもそっか」

タッ君ってかなり人望があったのかな？　居なくなっただけで暴動が起こるなんて、相当なことだと思うんだけど。

確か、人類の最終到達点《アライバルポイント》っていう通り名があったみたいだし。

私がそんなことをぼんやり考えていると、シェリーちゃんが話を戻した。

「それで……ワタクシ、一軒家を購入しましたの……大きなお庭がついた、白いお家《うち》ですわ……」

「家？　すげぇじゃん。随分思い切ったことをしたな」

へぇ〜と微笑むタッ君とは裏腹に、シェリーちゃんの顔がどんどん濁っていく。

顔から完全に生気がなくなりきったところで、彼女はポツリと呟いた。

「ワタクシと、タカシ君と、ナタリーさんの三人で暮らす為に、全財産を使って購入しましたの……」

「「は？」」

私と、タッ君と、ナタリーちゃんの声が重なった。

シェリーちゃんの声が、嗚咽へと変わっていく。

「デ……デブリとの戦争も終わりましたし……お家があれば、みんなで楽しく暮らしていけると思って、大きなお家を買いましたの……ぐすっ……そ、それなのに……タカスィと高校に通うんだぁ～、羨ましいだろぉ～、ってナタリーさんから写真が送られてきて……ぐす……ワケが分からないから、慌てて日本に飛んできましたの……」

「ご、ごめん。急な話でどこから突っ込んでいいか………そもそも、シェリーは故郷に帰ったんじゃなかったのか？　俺はそう聞いたんだけど」

「…………え？」

再び溢れ出した涙と鼻水を拭いながら、シェリーちゃんが首を傾げた。

「帰るワケないじゃないですか……ワタクシには身寄りなんておりませんし……一体誰がそんなことを仰いましたの？」

「総監がそう言ってたんだよ。なぁ？　ナタリー」

「言ってたよぉ～。それがなかったら、シェリーも一緒に日本へ行こうって誘おうと思ってたんだからぁ～」

「なっ………!?」

絶句するシェリーちゃんに、タッ君が当時のことを説明する。

「シェリーは故郷で恋人と幸せに暮らすから、無理に関わるなって………違うのか？」

「違うに決まってますわよ!!　恋人なんて今まで出来たことねぇですし!!　デタラメもいいところですわ!!」

テーブルをバンバン叩きながら否定する。

彼女は悔しそうに三白眼を細め、怒りを露わにしていた。

「お、おかしいと思ったのですわ……いずれ帰ってくるからその時に聞けばいいって言われて、タカシ君の連絡先すら教えてもらえませんでしたし……ナタリーさんも、タカシ君が居なくなったタイミングで消えましたし……」

机を叩くだけでは飽き足らず、テーブルに爪を立て、ギリギリとイヤな音を生み出す。

同時に、シェリーちゃんの声が震えを帯び始めた。

「こ、これじゃあワタクシ、ただのおバカさんではありませんかぁ……うぇぇ……せっかく全財産かけて、お家まで購入しましたのにぃ……ぜ、全部無駄になってしまったじゃありませんかぁ……あ、あ、あんまりですわぁ～……」

なんだろ……しくしく泣いているシェリーちゃんを見ていると、すごく気の毒になってくる。

話を聞く限り彼女は全く悪くない。さすがに可哀想だ。

居ても立っても居られず、私は涙と鼻水で汚れた彼女の顔を、ティッシュで拭ってあげた。

「大丈夫？　辛かったね……」

「ぐしゅ……あ、ありがとうございますわ……な、なんて優しい淑女ですの……」

私が手に持つティッシュに、犬のように顔を擦りつけるシェリーちゃん。

なんていうか……可愛いし、可哀想なんだけど、彼女の行動一つ一つに酷く残念な匂いがする……せっかくの美少女が……。

「総監もしょ〜もない嘘を吐くよねぇ〜。調べりゃすぐにバレるのにさぁ〜」

「シェリーを軍に引き留める為なんだろうけど……さすがに酷すぎて笑えないわ」

そう言ってタッ君が立ち上がると、ポケットからスマホを取り出してシェリーちゃんに言った。

「シェリーの買った家って幾らしたんだ？」

「え？　に、二百五十万ドルですわ」

「二百五十万ドルね。俺のほうから軍に掛け合って、買い取ってもらうように交渉するよ」

「…………え？」

「あと、父さんと母さんに連絡するから待っててくれる？　こっちはたぶん問題ないと思うけど」

「…………え？　そ、それって」

戸惑うシェリーちゃんに、いつもの気の抜けたような声でタッ君が答えた。

「これからシェリーも一緒に暮らそうぜ。あ、生活費は折半だからな。ちゃんと払えよ」

タッ君の言葉に、シェリーちゃんが目を見開く。

涙と鼻水まみれで顔が汚れているのに、満面の笑みになった彼女は、神秘的なほど美しかった。

「タカシく────ん!!　ちゅき────!!」

飛びつくシェリーちゃんをタッ君が受け止める。

鼻水がついたじゃねぇか、汚ねぇなぁ～、と毒を吐きながらも、タッ君は優しい顔で笑った。

3

「ナタリーさんは、なんでワタクシの連絡先を知っておりましたの？　教えた記憶なんてありませんが」

「ラウランに聞いたぁ～。三ドル取られたけどぉ～」

「ワタクシの個人情報は三ドルの価値ですか……」

タッ君が電話してくると言って席を外し、この場には、私達三人が取り残された。

感情的になっていたシェリーちゃんも、今はだいぶ落ち着きを取り戻し、穏やかな口調でナタリーちゃんと会話をしている。

普通に話す二人は本当に可愛い……こうやって見ると絵画みたいだ。

「まぁいいですわ。それより、こちらの淑女とはどのような関係になりますの？　ワタクシにも紹介してほしいのですが」

見惚れている私のほうを向き、ニッコリ微笑むシェリーちゃん。

これ……普通の男だったら、今の笑顔でノックダウンしてたよ……ふぅ～、危ない、危ない。

「タカスィのお姉ちゃんだよぉ～。超ブラコンだけど、すっげぇ優しい人なんだぜぇ～」

「まぁ！ タカシ君のお姉様でしたの！ それはそれは！ ご挨拶が遅れましたわ！」

そう言って正座し、三つ指をついて頭を下げるシェリーちゃん。

外国人とは思えないほど自然な仕草。女子力が高すぎて震える。

「ワタクシ、混合十一種・Y種特殊生体兵、シエル・アイスランドと申しますわ！ 軍ではシェリーの愛称で呼ばれておりましたので、お姉様もワタクシのことはシェリーと呼んで下さいまし！」

「あ……て、丁寧にありがとうございます。私は四分咲花梨です。よろしくお願いします」

丁寧な彼女に倣って、私も頭を下げる。

混合？ Y種？ ちょっと早すぎて聞き取れなかった。

「シェリ～。お姉ちゃんに型式を名乗っても伝わらないよぉ～」

「え？ ドズ化の説明はしておりませんの？」

「タカスィの方針でぇ、アタシ達の体については簡単にしか説明してないんだよねぇ～。軍に目をつけられたら困るって心配しててさぁ～」

「ふ〜ん……相変わらず真面目ちゃんですわねぇ。軍が何か言ってきても、叩き潰せばいいだけですのに」

「アタシもそれ言ったぁ〜」

ドズ？　なんの話だろう？

体のことを言っているから、もしかして改造のことなのかな？

それなら二人に聞きたいことがあった。ちょうどいいタイミングだから聞いてしまおう。

「あ、あのさ。さっき二人が喧嘩してた時、体に薄暗い煙のようなモノが漂ってたよね？　あれってなんなの？」

ナタリーちゃんは赤黒く、シェリーちゃんは青黒く、そしてタッ君は銀色に発光した煙のようなモノが体を覆っていた。

正直、かなり気になっている。

アレを見た瞬間、恐怖で息が止まりそうになったし、絶対にヤバいものだって本能が警鐘を鳴らした。

そんなものに包まれる、タッ君達の体が心配でしょうがない。

「え、えっと……ナ、ナタリーさん！　お姉様にフィルムのことを勝手に話したら不味いですわよね？　あとでタカシ君に怒られますわよね？」

「さぁ？　試しにチャレンジしてみればぁ〜？」

「チャレンジするメリットがねぇですわよ……ワ、ワタクシからはお話し出来ませんわぁ。タカシ君に直接聞いてもらえます？」

シェリーちゃんが口をつぐみ、視線を逸《そ》らす。

はぐらかすつもりだ。それじゃ困る！

「タッ君は大丈夫って言うだけで、それ以上詳しくは教えてくれないんだよ！　お願いシェリーちゃん！　ナタリーちゃん！　タッ君には言わないから教えてくれる!?」

「うぅ……ワタクシ個人としては全然話してもいいのですが……ただ、タカシ君が伏せている情報を、ワタクシの口から伝えるのは……」

「フィルムまで見せたアタシ達が言うセリフじゃないけどさぁ～、聞いて楽しい話じゃないし、聞くだけ損だと思うよぉ～」

二人とも口が重い。

話そうとしない二人に、私は最終手段、土下座を繰り出した。

「この通り！　お願い！」

「ち、ちょっ！　お、お姉ちゃん!?　な、何してるの!?」

「か、顔を上げて下さいまし！　こ、困りますわ！」

「別に興味本位で聞いてるワケじゃないの！　ただ、みんなの体が心配なだけなの！　本当に体が大丈夫なのか知りたいだけなの……お願い……教えてぇ……」

動揺する二人に、素直な気持ちを打ち明けた。

私は、タッ君とナタリーちゃんに大きな借りがある。

大神君の件はもちろんそうだし、そもそも彼女達がいなければ、人類は滅亡していたかもしれない。

全ては私達を救う為、彼女達は犠牲になったのだ。

だからこそ平和になった今、みんなには幸せになってほしい。

ここまで人類に尽くしてくれたんだ。彼女達は幸せになる義務がある。

その為にも改造のせいで体に不調がないか……どうしても知りたかった。

私に出来ることなら、なんでもするつもりだったから。

「お姉ちゃん。顔をあげてくれる?」

ナタリーちゃんの優しく諭す声。

恐る恐る顔をあげると、彼女達はどこか困ったような、だけど嬉しそうな顔をしていた。

「な?　アタシの言った通りだろ?　お姉ちゃんは優しい人だって」

「正直……驚きましたわ。ワタクシ達の喧嘩を間近で見てますのに……恐れるどころか心配してくれるなんて……」

「軍のノーマル連中にも見せてやりたいよ。少しはお姉ちゃんを見習えって」

「特殊機械兵が聞いたら泣いて喜ぶでしょうね……あの人達、人間扱いされるのに飢えてますから……」

そう言って私に向き直る二人。

美しい顔で、穏やかに笑っていた。

「何から知りたい～？　本当に話せないこと以外は、なんでも答えるよぉ～」

「タカシ君には内緒にして下さいましね。怒られるのだけは勘弁ですから」

優しく、本当に優しく笑う、ナタリーちゃんとシェリーちゃん。

私の気持ちが伝わったのか、二人とも快く了承してくれた。

「あ、ありがとう！　ナタリーちゃん！　シェリーちゃん！」

彼女達の心意気に、私は心の底から感謝した。

「じゃあ後遺症とかは全くないんだね？」

「全くないよぉ～。敢えて一つ挙げるとするなら、お腹が空きやすくなってることくらいかなぁ～」

私の質問に、お煎餅を食べながら呑気に答えるナタリーちゃん。

寿命が縮んだり、体に不具合が起こったりするのを心配していたけど、そういったことは全くないらしい。

「フィルムって言ったっけ？　すごく禍々《まがまが》しい感じだったけど、アレはなんなの？　体に影響ないの？」

「アレは体の一部みたいなモノですから、特に影響はありませんわ」

「そ、そっか……それならよかった」

　ホッと胸を撫で下ろす。

　話を聞く限り、改造による問題はないみたい。

　一番聞きたいことが聞けて安心していると、ナタリーちゃんとシェリーちゃんが、どんどん軍事機密を暴露し始めた。

「基本的にぃ〜、改造兵を総称して生体兵って言うんだけど、正確には機械兵、生体兵、特殊機械兵、特殊生体兵の四つに分けられてて、タカスィや、アタシ達は特殊生体兵に括《くく》られるんだよねぇ〜。改造されていないノーマル兵から独立した特殊部隊になるんだよぉ〜」

「生体兵というのは、ある試薬の投与に成功した兵士のことを指しまして、膂力《りょりょく》や回復力、再生能力などの身体能力が大幅に向上する、といった特性がありますの」

「機械兵に比べて戦闘能力が高い反面、適性を持ってる人間って少ないんだよねぇ〜。生体兵化の成功率って何割だったっけぇ〜？」

「確か五割弱ですわね。ちなみに失敗したら拒絶反応で即死ですわ」

「…………え？」

な、なんか、とんでもないことを言わなかった？　即死ってどういうこと？　あ、ありえないんだけど……。

絶句する私に気付かないまま、二人の呑気な暴露は続く。

「特殊生体兵になるにはねぇ、薬の投与を何度も繰り返す必要があって、最低でも五回は同じ薬を投与しなくちゃならないんだよぉ。五割を五回だから、結構な割合で死んじゃうんだぁ～」

「それ以外にも条件がございますわ。生体兵の試薬はA～Zの二十六種あるのですが、特殊生体兵にもなりますと最低でもその内、五種類を投与する必要がありますの。この成功率が、とにかく低くて、低くて………ちなみに、一度でも拒絶反応が出ればもちろん死亡となりますわ」

「ちなみにシェリーの十一種投与って、かなり多いほうなんだぜぇ～。まぢで異常なんだからぁ～」

「A種を百回以上投与した人がよく言いますわね。なんですか三桁って。そりゃあデブリも、ナタリーさんの姿を見たら逃げ出すワケですわ」

「シェリーもデブリにビビられてたじゃんかよぉ～。半身吹っ飛んでもすぐに再生とか、人間じゃねぇよぉ～」

「H鋼を素手で引きちぎるナタリーさんにだけは言われたくありませんわ」

化け物、化け物とお互い罵り合うナタリーちゃんとシェリーちゃん。

軽い口調で喋ってるけど、結構ハチャメチャな話をしてない？　みんな、ホントよく無事だったよ……。

戦地で戦う前に死んでる人もいるってことでしょ？　みんな、ホントよく無事だったよ……。

私がドン引きしていると、電話を終えたタッ君が戻ってきた。

同時に、ナタリーちゃんとシェリーちゃんが目配せしてくる。

この話おしまいね……そんな顔をしていた。

「シェリー。あとで軍に口座番号伝えてくれる？　全額支払うことを約束させたからさ」

「ほ、本当ですの⁉　金額が金額なのでちょっと諦めておりましたが……よく了承しましたわね。誰にお話ししましたの？」

「総監の嘘なんだから、総監にケツ持ってもらうようにした。なんか、ぐぬぬ……とかほざいてたけど」

「ざまぁねぇなぁ〜」

凄惨な過去を持っているのに、一切表に出そうとしない三人。

笑えない状況の中を生き抜いてきたのに、誰よりも笑い合っている三人。

もしも私が……タッ君の代わりに戦地へ向かっていたら……こんなふうに笑顔で戻ってこられたのだろうか……？

たぶん……無理だと思う。
絶対に心が壊れていたに違いない。
戦争に行く前と、なんら変わらないタッ君の様子を見て、
彼の心が変わらなかったことに、

一抹の不安を覚えた。

エピローグ

編入当日の朝。

登校直前になって、シェリーが急に駄々をこね始めた。

「なんでワタクシだけ、お家でお留守番ですの⁉　ワタクシも学校へ行きたいですわ‼　連れてって下さいまし‼」

「編入試験すら受けてないんだから無理に決まってるだろ。シェリーの手続きもしてやるから、ちょっと待ってろって」

「一人でお留守番なんてイヤですわ‼　今すぐ行きてぇですわ‼」

「ワガママ言うなって……」

地団駄を踏みながら喚き散らすシェリー。

彼女には事前に説明して納得してもらっていたが、俺達の制服姿を見た瞬間、羨ましくなったらしい。

急についてくると騒ぎ出した。

「なんでわざわざ試験を受ける必要がありますの⁉　軍に掛け合って、入学を押し通せばいいではありませんか！　そうすれば今すぐ学校に通えますし、そうしましょうよ！」

「そんなことしたら、戦争帰りってバレて悪目立ちするだろ。俺は普通の高校生活を送りたいの！」

「凱旋した兵士の発言じゃないですわよ……」

「シェリーもアタシと同じこと言ってるぅ～」

他人事だと思って、ナタリーがケラケラ笑う。

お前もちょっとは説得しろ。

「気になってたんだけどさぁ～。凛子ちゃん達以外の中学の同級生とかに再会したらどうすんのぉ～？　戦争帰りってバレるんじゃなぁい～？」

…………あ。

「ナイスフォローですわ！　ナタリーさんの言う通り、遅かれ早かれバレるのですから軍を使っちゃいましょう！　そうしましょう！」

その可能性忘れてた。

そういえば……そうだよなぁ……。

痛いところを突かれて固まっていると、姉さんが代わりに答えてくれた。

「進学校だから、タッ君の通ってた中学校の同級生は少ないと思うよ。私の知る限り、文香ちゃんと、凛子ちゃんと、錬児君くらいしか居ないんじゃないかなぁ」

「お姉ちゃんの同級生は～？　さすがに事情を知ってるんじゃないのぉ～？」

「確かに私の友達は事情を知ってる人が多いけど、わざわざ言いふらしたりするような人は居ないし、そもそも学年ごとに校舎が違うから、バレて目立つ心配はないと思うよ」

「ふ〜ん。それなら大丈夫かぁ〜。だってさシェリ〜。諦めろ〜」

ナタリーがそう言うと、シェリーが「ぬがっ！」と変な声を出した。

特徴的な三白眼が漫画みたいにぎゅっと閉じられている。

「うぅぅ……じ、じゃあ！　行ってきますのチューをして下さいまし！　それで勘弁してやりますわ！」

「はぁ〜？　そんなのダメに決まってんじゃ〜ん！　アスファルトでも舐めてろボケェ〜」

「そうだよシェリーちゃん！　そんなの認められないよ！　代わりに私がキスしてあげるから、それで我慢しなさい！」

姉さんがシェリーの頭を押さえ、キスをしようと襲いかかる。

「ちょ、ちょ、ちょ、お姉様！　や、やめ……！　ワタクシはタカシ君に――――」

「タッ君とチューなんて許しません！　お姉ちゃんのチューで我慢しなさい！」

「か、勘弁して下さいましぃ〜。わ、分かりました！　分かりましたから！　素直にお留守番してますから、勘弁して下さいましぃ〜」

ついに泣きが入るシェリー。

姉さんには頭が上がらないのか、素直に引いてくれた。

ナタリーもそうだけど、シェリーも姉さんの言うことはちゃんと聞くんだな。

いつの間に仲良くなったんだろ?

不思議に思っていると、涙目のシェリーが悔しそうに呟いた。

「この規格外の二人が学校生活を送るとか、絶対面白くなるヤツじゃありませんか……テストとか、体力測定とか……ワタクシも早く行きてぇですわ……」

番外編　彼らの昼食

「タ〜カ〜スィ〜。今日のお昼ご飯何食べる〜？」

「ナタリーは何食べたい？」

　俺が聞き返すと、彼女はチッチッチッと指を振った。

「モテる男はねぇ〜、何食べたい？　なんて聞き返さずに、何種類かお店の候補を挙げるんだよぉ〜。アタシはただ選ぶだけ、そういう状況にするのがスマートなんだぜぇ〜」

「うっざ……」

　編入試験に合格した翌日、俺とナタリーは制服の仕立てと買い出しで街に繰り出していた。

　本当は姉さんも一緒に来る予定だったが、母さんに呼び止められて留守番をしてもらっている。

　久しぶりにナタリーと二人っきりだ。

「あ――っ！　アタシのことウザイって言ったぁー！　女の子にそんなこと言っちゃ、イッケないんだぞぉ〜っ！　ぷんぷん！」

「はいはい。そっすねー。すみませんねー」

「あ、あしらうなよぉ〜……初めてのデートなんだから、テンション上げていこうよぉ〜……」

しょんぼりするナタリー。

テンションが上がったり下がったり、騒がしいヤツだな。

「しゃーねーなぁー……じゃあ、三つ候補挙げるから選んでくれる?」

「おっけぇー!」

「ファミレスとラーメンと牛丼。どれがいい?」

「…………………」

綺麗な顔を歪ませて、汚物を見るような視線を向けてくるナタリー。

なんだよその目は……。

「お前の言った通り、候補を挙げただけじゃんか……」

「こんな可愛いナタリーちゃんを連れて、その選択肢はねぇだろ……もっと頭使えよ……」

「めんどくせぇヤツだな」

要はアレか? SNSとかで自慢出来るような店に行きたいってことか?

世の婦女子共が、キュンキュンするような店に。

無茶言いやがる。

そんな店、俺が知ってるワケねぇじゃん。

帰還してまだ二週間だぞ？　しかも徴兵される前は中学生だった俺が、女ウケのいい店なんか知るワケねぇじゃん。

そんな悪態を呑み込みつつ、スマホを取り出しデートウケする店を調べる。

ナタリーを一蹴するのは簡単だが、モテない男と思われるのは心外だ。俺にだってプライドはある。

やる時はやるヤツだってことを、思い知らせてやろう。

デートでオススメの店と入力して検索。幾つか候補店が表示される。

適当に目を通しつつ、良さそうな店をピックアップする。

「フレンチはどう？　オシャレな雰囲気が味わえそうだよ」

「えぇ～フレンチィ～？　せっかく日本に居るんだから日本食にしようよぉ～」

「…………じゃあお好み焼きにする？　海鮮とか、焼肉とかも食べられるみたいだし」

「粉物ぉ～？　アタシ、ガッツリお米といきたい気分なんだよねぇ～。粉物は却下ぁ！」

「…………あっ！　それなら鰻重《うなじゅう》なんてどう!?　これなら米だし、ちょうどいいじゃん！」

「初デートで鰻屋はないだろぉ～。高級店すぎて萎縮しちまうよぉ～。もっと気軽に入れる店にしろよなぁ～」

「今日は輪にかけてめんどくせぇな」

調子に乗るナタリーに、アイアンクローをぶちかます。

彼女は「甘えたい気分なんだよぉ～、いいだろぉ～」と嬉しそうに笑った。

「もうお前が好きに選べよ。ワガママ言ってないでさ」

「あのね、タカスィ君。女はワガママな生き物なの。それも可愛くなればなるほど、比例してワガママになっていく生き物なのぉ。これぐらいで音を上げてちゃ男が廃るぜぇ～」

「無駄に説得力のあること言いやがって……」

アイアンクローを解いて頭を撫でる。

悔しいがコイツの言うことにも一理ある。

どうすっかな………。

そこそこリーズナブルで、和食で、米が食べたいかぁ。

牛丼は却下されたから、それをカツ丼に変えたところでナタリーは納得しないだろう
………うーん。

虚空を眺め、ぼんやり考え込む。

あとはこれくらいしかないよなぁ……。

「ナタリー。回転寿司《かいてんずし》に行ってみる？」

「スシ？　スシって職人が握るヤツだろぉ？　高級店は萎縮するって言ってんじゃ～ん」

「回転寿司は一皿百円からだぞ。リーズナブルだしデートには最適だ」

適当なことを言ってナタリーの興味を引く。

「回転ってどういう意味だよぉ～。スシが回転とか意味が分かんねぇよぉ～」

「そりゃあ、上へ下へと大回転よ。寿司がグルングルン回ってくるぞ」

「な、なんだよそれぇ……楽しそうじゃんかぁ……」

目をキラキラさせるナタリー。あと一押しだな。

「回転寿司には、天ぷらやハンバーグがネタになってたり、サイドメニューにラーメンなんてモノもあるから、生魚が苦手な人でも入りやすいよ」

「…………ほ、ほぉ～」

「デザートなんかも充実してて、日本に来たなら一度は行ってみるべき店だね」

「よっしゃ！　行こう！　今日のお昼ご飯は回転スシだぁ！」

うひゃひゃと笑いながら、俺の手を引くナタリー。

なんとか納得してくれたようだ。

嬉しそうに笑う彼女を見て、少しだけ安堵した。

制服の仕立ても無事に終わり、引き渡しまで時間が出来た俺達は、予定通り回転寿司を訪れた。

「どう？　初めて来た感想は？」

「う、嘘じゃなかったんだ……本当にスシが回ってる……」

座席から座席へと移動していく寿司を見て、ナタリーがはぇ～と呟いた。

「タカスィのことだから、どぉせ適当なことばかり言ってんだろうなぁ～って思ってたのに、まぢでスシが回ってるじゃんかぁ～。すげぇ、すげぇよぉ～！」

「ふっふっふ。すごいだろぉ～」

「日本人の発想やばくね？　こんなギャグみたいなこと、思いついても普通実行に移さないだろぉ～」

楽しそうにはしゃぐナタリー。

ここまで喜んでくれたなら、この店を選んで正解だろう。

俺の男としての威厳は保たれたワケだ。やったぜ。

「それじゃ席に行こっか。ボックス席の八番は……あそこだな」

「うぇ～い！」

店員さんから渡された座席表をもとに、指定された席へと向かう。

通された先は六人掛けのテーブル席で、窓際の中々良い場所だ。

早速、座席に腰掛ける。

「うへへぇ～。楽しみだねタカスィ～。なっにから食っべよっかなぁ～」

「………………」

「ん？ タカスィ〜どしたぁ〜？」

どしたぁ〜？ じゃねぇよ。

テーブル席なんだから、向かい合って座るべきだろ。

なんでお前、俺の横に腰掛けてんだよ。おかしいだろ。

「お前……正面に座れよ。なんで隣に座ってんだよ」

「あのね……アタシ、タカスィのそばを離れたくないの……正面になんて座ったら……遠くて寂しいっ……！」

「アホなこと言ってないで早く行けって。二人しか居ないのに、並んで座ってたら目立つだろ」

「目立ってもいいじゃん……寂しいの……タカスィが隣に居ないと……アタシっ……死んじゃうっ……!!」

「そっか。じゃあ寂しくならないように、今日は一緒に風呂に入ろうな。念入りに洗ってやんよ」

「……さ、さぁって……な、何から食べようかなぁ〜……」

俺の言葉を聞き流し、冷や汗を垂らしながらメニューを眺めるナタリー。

しばらく何も言わずにプレッシャーをかけていたが、彼女はぁぅぁぅ言うだけで一向に動こうとしなかった。

ウブなコイツがここまで言われても席を移らないってことは、どうしても俺の隣に座っていたいらしい。

仕方ねぇヤツだなぁ……。

「今日だけだからな」

「えへへ～。さっすがタカスィ～、愛してるよぉ～」

「はいはい俺も愛してるよ。それより何から食べる？」

ナタリーの持ってるメニューを覗《のぞ》き込む。

定番から旬のネタまで、色んな寿司ネタが載っていた。

「アタシ、納豆巻きと、シメサバと、イカが食べたいなぁ～」

「俺は、ハンバーグと、玉子と、鰻にしよっと」

「お子ちゃまな舌だなぁ～、ぷぷぷ～」

「……お前が日本食に慣れすぎなんだよ」

俺の頬をツンツンするナタリーを無視して、タッチパネルを使って注文する。

割と早い時間に来たからか、レーンに流れている寿司はとても少ない。

取り敢えず俺達は個別に注文していった。

「これってさぁ～、タッチパネルで注文したら、直接店員ちゃんが持ってくるのかなぁ～？

そしたら回転スシの魅力がちょっと減るよねぇ〜」

「注文した品もレーンにのって流れてくるみたいだよ。ほら、座席ごとに色が分けられてるだろ？　この席は黄色だから、黄色の箱の上にのって運ばれてくるらしい」

「ほぇ〜。ちゃんと考えられてますなぁ〜」

いちいち新鮮な反応をしてくれる。お店の人が聞いたら喜ぶんじゃないかな。

そうやって待つこと数分。俺達の頼んだ品が流れてきた。

「おぉ〜、すっごぉ〜い。ホントに流れてきたぁ〜」

「これさぁ……隣り合って座ってると、俺しか寿司を取れなくて、すっげぇ大変なんだけど」

「ウッヒョ〜！　おっいしっそぉ〜！　いっただっきまぁ〜っす！」

「聞けよ」

俺のツッコミを無視して、早速食べ始めるナタリー。

シメサバを口に運び「ん〜っ♡」と嬉しそうに唸った。

「めっちゃ美味しいじゃ〜ん！　サバの臭みをここまで消すなんて、中々良い仕事をしてますなぁ〜」

「お前……本当は日本人じゃないのか？　なんで俺より鯖《さば》を食べられるんだよ」

「タカスィも食べてみろってぇ〜。こんな美味しいシメサバ、中々お目にかかれねぇからぁ〜」

「お、俺にはハンバーグがあるからいいっす……」

そんな会話をしつつ、舌鼓《したつづみ》を打つ俺とナタリー。

ゆっくりと味わいながら、回転寿司を楽しんだ。


「タカスィ〜、なんか見られてない？」

「見られてるね」

食べ始めること一時間。

なんか周囲のお客さんから視線を感じる。

白人のナタリーが珍しいのかな？　割と目立つ見た目してるもんな……コイツ。

「みんな、ナタリーのことが気になるんじゃない？」

「かぁ〜っ！　まいったなぁ〜、アタシの美貌は、ただスシを食べるだけでも滲み出ちゃうのかぁ〜。かぁ〜っ！」

「すぐ調子に乗りやがる……」

バカの発言に呆れつつ、手元にあるカリフォルニアロールを口に運ぶ。

取り敢えず、これで頼んだモノは一通り食べきった。これからどうしよ。

「どうする？　まだ食べる？」

「ん〜……アタシはもういいかなぁ……デザート食べたらごちそうさまするぅ〜」

「結構食べたからなぁ。俺もアイス食べて終わりにするかな」

タッチパネルに手を伸ばし、デザートを注文しようと操作したら周囲がどよめいた。

す、すげぇ……まだ行くのか!?　なんて声も聞こえてくる。

なんだこれ？

「なんか悪目立ちしてないか？　好奇の目で見られてるっぽいんだけど……」

「確かにぃ〜。すげぇすげぇ！　ってなんの話なんだろぉ〜？」

「イヤな感じだな……さっさと食べて帰ろっか」

「そだねぇ〜」

居心地悪い中、デザートを待つこと数分。

頼んだ品が運ばれると同時に、俺は会計ボタンを押した。

すぐに店員さんが現れ、顔を引き攣らせながら皿を数えていく。俺とナタリーは、それを横目に見ながらデザートをムシャムシャ。

会計用の伝票を渡されると、俺達はすぐに席を立った。

とにかくここから離れたい。店中の視線を集めている。

「まだ見てくるな……さっさとレジに行こっか。忘れ物すんなよ」

「うぇ〜い」

レジに向かい、早速お会計。

ナタリーの分も俺が一緒に立て替えて、素早く精算。

店員さんからお釣りを受け取り、すぐに店を出る。

そこでようやく好奇の視線から解放された。

ふぅ〜。

美味《うま》かった。

久しぶりに食べた寿司は本当に美味かった。

注目さえされなかったら、もっと満足度は高かっただろう。それだけが少し残念。

そんなことを思いつつ、ナタリーに立て替えたお会計を請求する。

「ナタリー、九万ちょうだい。端数《はすう》は奢《おご》ってやるからさ」

「全部奢ってくれよぉ〜。奢ってくれたらチュ〜してやるからさぁ〜」

「九万のチューなんて要らねぇよ。さっさと金出せって」

「ちぇ〜……」

がま口財布から何枚かお札を取り出すと、ナタリーは渋々といった様子でそれを差し出してきた。

「はい、九万え〜ん」

「ありがと。うん、ちゃんとあるね」

「モテる男だったらなぁ～、ここはスマートに奢るモンなんだぜぇ～。最後の最後でやっちまいましたなぁ～！」

「それ言っとけばなんでも罷《まか》り通ると思ってんじゃねぇぞ。こういうことはキッチリやるからな」

「チッ」

なんで舌打ちしてんだよ。

今日は散々ワガママに付き合ったんだ。これ以上求めてくんじゃねぇよ。

ナタリーの頭をピシピシチョップしながら、出来上がったであろう制服を引き取りに戻った。

◇◇◇

退店するカップルを見送った店長は、驚きで手が震えた。

彼はこの回転寿司店に勤め、今年で二十年になるベテランだったが、こんなことは初めての経験だった。

信じられない。

何度見ても信じられない。

お会計金額、十八万九千八百円。

たった二人で、これだけの金額の寿司を食べきったのである。

この金額には、百円以上のサイドメニューや、ドリンク、デザートなども含まれているが、それを踏まえても千皿以上は間違いなく食べている。

普通に考えてありえない。二人で食べる量じゃない。

六人掛けのテーブルが、皿で埋め尽くされるのは初めて見た。

あのカップルが頼んだ注文の品で、レーンの全てが埋まるなんて前代未聞だった。

しかも、回転寿司では考えられないくらい高額になった会計を、十代半ばの少年がキャッシュで支払っていったのである。

上客だ。

文句なしで上客。間違いなく上客。

一日の売り上げの三分の一を、あのカップルが支払っていった。

店長は思う。

常連にしなければ。

必ず常連にしなければならない。

その為にはグループをあげて、あのカップルの動向を追う必要がある。他店に流れるのだけは、絶対に阻止しなければならない。

店長は早速、盗み撮ったタカシとナタリーの写真を、本部へと転送した。
目的は、周知と徹底。
あのカップルが再来店した時の為に、準備に取りかかった。

書き下ろし番外編　彼らの食事事情

四分咲家は基本的に、長女である私が全ての家事を行っている。

お母さんは建設業界の設計士で、お父さんは製薬会社の室長。忙しすぎる二人に代わって、私が四分咲家を支えていた。

元々は、夜遅くまで働く両親に少しでも楽をさせたいという思いから始めた。大神君の一件で、すごく心配させてしまったから、余計にそう思って。

家事自体は好きだったから、全然負担にはならなかった。むしろ、趣味の少ない私にとって、唯一の趣味になったって言えるくらい好き。

タッ君が帰ってきてからは、家事の量も増えて本当に楽しいって思えるようになった。

ご飯も文字通り山ほど食べてくれるから、作り甲斐もある。

本当に幸せ……タッ君が帰ってきてくれて、今が一番幸せ。

だからね、お母さん。

私の趣味を取らないで。特に洗濯物を奪わないで。

趣味なの。それは私にとって、生きがいなの。

決してタッ君の下着を弄ぼうなんて、邪《よこしま》な考えは持ってないの。私はただ、純粋にお洗濯がしたいだけなの。

タッ君が帰ってきてから、お母さんの弟に対する過保護っぷりが半端ない。私の崇高な趣味を、片っ端から奪い取っていく。

モンペには困ったものだよ……全く……。

そう呆れつつ、私は今日買ってきたばかりの男性用下着を開封する。それはタッ君の履いているものとサイズ、色、形が全て同じもの。

前回は、なくなっていく下着を不思議に思ったタッ君がお母さんに質問したことで発覚しちゃったけど、今回は大丈夫だと思う。

なんて言ったって、全部新品に差し替えちゃうからね！　これなら不信感なんて与えないよ！

ふっふっふっ、とほくそ笑みながら、私は天才のひらめきとも言える作戦を、こそこそと実行した。

ご飯を食べて、お風呂に入り、まったりとテレビを見て過ごすゴールデンタイム。

夕ご飯の片付けと崇高な作戦を済ませた私は、リビングの扉を開けた。

どこの家庭にもあるようなお茶の間の一室。そこそこのテーブルと、そこそこのテレビが備わっている。

その部屋の中央で、タッ君とナタリーちゃんが特番で放送している、デカ盛り料理店の番組を見て大いに盛り上がっていた。

「なんだよこの唐揚げの量ぉ～。おっかしいだろぉ～。何個あんだよバッキャろぉ～」

「胸肉っぽいけど、それでもワンコインでこの数はヤベェな。しかもこの金額でご飯おかわり無料とか…………聖地か？」

「おいおいおい～。タルタルソースもかけ放題って書いてあんじゃ～ん。どうなってんだよタカスィ～、なぁ～？」

「こういう学生の胃袋を摑む定食屋、ほんと大好き。週五で嫁ぎたい」

「もぉ～無理だぁ～。タカスィ～、アタシをここに連れてってくれよぉ～。タルタルソース飲みたいよぉ～。たのまぁ～」

「俺だって飲みたいよ……でもさ、この店って首都圏にあるって書いてあんじゃん。さすがにこれだけの為に首都圏まで行けないから、近場の定食屋で我慢してよ」

「やじゃぁ～。ここがいいんじゃぁ～」

そう言って、タッ君の胸に頭をゴリゴリと擦りつけるナタリーちゃん。

隙あらばイチャイチャしている。お姉ちゃんが登場したのに、私を無視してイチャイチャなんて許せない。

っていうか私もタッ君にゴリゴリしたい。私の匂いを、タッ君にマーキングしたい。

「おま……普段はオシャレな店じゃないとヤダって言うくせに、なんでこの定食屋に執着してるんだよ。言ってること無茶苦茶じゃんか」

「あのね、タカスィ君。女は気まぐれな生き物なの。それも可愛くなればなるほど、比例して気まぐれになっていく生き物なのぉ。これぐらいで音を上げてちゃ男が廃るぜぇ～」

「それ言うのやめれって……それ言われたら、何も言えなくなるじゃん……」

「んふふぅ～。いやじゃぁ～」

何この二人。放置してたら、イチャイチャがどんどんエスカレートしていくんですけど。ナタリーちゃん、自然な感じで膝枕の体勢に移っているし。あの位置からテレビを見られるとか最高じゃん。羨ましくて吐血しそう。

「そ、そういえば、お昼ご飯は二人でお寿司を食べたって言ってたよね？　どうだった？　久しぶりのお寿司は美味しかった？」

これ以上お盛んになる前に、話題を変えつつ、タッ君の隣に座る。

隙を見て、ナタリーちゃんの膝枕を止めさせないと。その席は、お姉ちゃんの席なのだ。

「めちゃくちゃ美味しかったよ。身体中に染み渡ったっていうか」

「タッ君、お寿司好きだったもんね」

「やっぱり日本食って美味いんだなぁ、って再認識したわ。この三年間、コンバットレーションとくっそ不味いカロリーブロックしか食べてなかったから、人間らしい食事に涙が出るかと思った」

「コンバットレーション……」

レーションって、軍隊で支給される食事のことだっけ？　テレビとかで、よく不味いって言われている携帯食料。

こういう話をされると、やっぱり壮絶な三年間を送っていたんだって再認識する。タッ君、そんな素振りを見せないから軽く考えてしまいがちだけど。

もうちょっと当時の話を聞き出せないかな？　少しでも弟の気持ちに寄り添ってあげたい。

「レーションって、どんな味がするの？　そんなに美味しくなかった？」

「しょっぱいだけで、味はそこまで悪くなかったんだけど……ただ、冷たいまま食べるのがしんどかったかな」

「あー……確かに、戦場じゃ電子レンジなんてないもんね」

「いや、電子レンジがなくても水を入れるだけで加熱出来る袋があったから、温めることは出来るんだけどね。今のレーションって考えられて作られてるから、そういうことは出来たんだ」

「そ、そうなの……？　じゃあ、なんで冷たいままで食べてたの？」

私の疑問に、タッ君が肩をすくめながら答えた。

「まとまった食事休憩を取る時間がなかったんだよ。戦闘が落ち着いても、次の瞬間には宇宙人が襲ってきてたから、いつ戦闘になってもいいように素早く腹に詰め込んでいたんだ。最後の晩餐《ばんさん》になるかもしれない食事が、こんな冷や飯になるのか……って泣いてるヤツもいたなぁ……」

「だから休戦中は真っ先にレーションを温める作業をしたよねぇ～。少しでも人間らしい食事を取ろうとしてさぁ～」

「そ、そうなんだ……」

確かに、温かいご飯を食べられないのって苦痛だろう……食事って、生きる上ですごく大切なものだし……。

そういえば昔、ネットで戦争について調べていたら書いてあったっけ。兵士達の士気は、温かいご飯を食べるだけで向上するって。

そう考えたら、相当ストレスだったんだろうなぁ。タッ君とナタリーちゃんが不憫すぎて、涙が出そうになる。

ここで泣いちゃうと、話が終わっちゃうから我慢するけど。

「それでも、レーションを食べられる内はまだよかったんだよ。食べられる内は。宇宙人との戦争が大詰めになってくると、三日くらい不眠不休で戦うことも多くなっていったから、レーションを食べる時間すらなくなっていったんだよね」

「そうなってくると、餓死するヤツが出てきたんだよねぇ〜。アタシ達生体兵って燃費が悪いから、二日食事を取らないだけで栄養失調になっちゃうんだぁ〜」

「だから俺達が餓死しないように、高吸収、高カロリーの、超腹持ちのする謎の物体を軍が開発したんだよ。カロリーブロックっていう、くっそ不味い物体を」

「それが出来てから、アタシ達の食事事情は一変したよねぇ……悪い方向に……」

タッ君とナタリーちゃんの顔が、忌々《いまいま》しいものへと変わっていく。

雰囲気が悪くなってきたので、話を戻す。

「じ、じゃあ、今日のお寿司は相当美味しかったんだね」

「っていうか、日本に戻ってきてからの食事は全部美味かったよ。文句のつけどころがないくらい」

「ちなみに何が一番美味しかった？　お姉ちゃんに教えてよ」

私の質問に、タッ君とナタリーちゃんの顔色が変わった。

さっきまでの暗い表情が、嘘のように明るくなっている。ナタリーちゃんに至っては、膝枕から起き上がっていた。

どうやら二人の琴線に触れたみたい。意気揚々と語り出した。

「一番はやっぱり、姉さんと行った牛丼屋かな。再会した喜びと牛丼の温かさで、奥歯キーンッってなったもん。あの味は、ずっと忘れられないだろうなぁ」

「アタシは空港でおやつに買ったチョコバーが美味しかったかなぁ～。戦地だと甘いものは貴重だったから、久しぶりに食べたチョコバーに、脳が溶かされるかと思ったよぉ～」

「あ、美味かったって言ったら、終戦直後に振る舞われたバーベキューも美味かったよな。肉の奪い合いで大乱闘になったけど」

「アレって結構な喧嘩になったよねぇ。割とガチな殺し合いにまで発展したしぃ～」

「兵士の数に対して、肉の量が少なすぎるんだよ。だから仕入れは俺に任せろって言ったのに……総監が無能采配を発揮するから……」

当時のことを思い出したのか、タッ君がニタニタと笑いながらばーかばーかと呟く。

タッ君って、総監って人に対しては辛辣なことを言うんだね。気を許してるっていうか、舐めてるっていうか。

総監って言うからには偉い人だと思ってたんだけど……タッ君の口ぶりを見る限りじゃ、出来の悪い友人を相手しているようにしか見えない。

軍って縦社会じゃなかったっけ？　こんな友達みたいな接し方でいいのかな？

定期報告とか言って電話してた時も、完全にタメ口で喋ってたし……。

そんなことをぼんやりと考えていると、タッ君が思い出したかのように話題を変えた。

「そういえば、あの店ってまだ残ってる？　カレーとか焼肉とか寿司が沢山置いてあって、レバーを引いたら、アイスクリームが出てくる店」

「それって………昔行った、食べ放題のお店のこと？」

「そうそう。まだ残ってる？」

記憶を辿《たど》るように、視線を空中に泳がす。

確かまだ、のぼりが立っていたと思う。

「営業してるんじゃないかな」

「ほんと？　じゃあ明日はみんなで食べ放題の店に――――」

「食べ放題はダメなんじゃなかったっけぇ～」

ナタリーちゃんの一言に、タッ君の笑顔が凍る。

何かを思い出したかのように、残念そうな顔になっていった。

「あ……そういや総監に止められてたっけ……」

「ん？　なんでダメなの？　いいじゃん。明日みんなで行こうよ」

「なんていうか……問題になるからダメだって言われたんだよね」

「問題？」

「俺達が食べ放題に行ったら、店に迷惑がかかるからって」

「あー……」

「まぁ、恩赦で食費は支給されてるから、食べ放題じゃなくても大丈夫なんだけどね。それでも行きたかったなぁ」

「あー……」

確かに、タッ君とナタリーちゃんが食べ放題に行ったらダメだな。二人とも、おかしな量のご飯を食べるし。

あんまり食べるもんだから、今じゃ四分咲家の炊飯器は三つになってるくらいだ。タッ君用と、ナタリーちゃん用と、残った私達用。

お米を一俵単位で買っているのは四分咲家くらいだろう。それくらい食べている。

「まぁ……仕方ないよね。タッ君とナタリーちゃんが行ったら、お店を潰しちゃうと思うし……」

「つぶ…………え？　俺達が？　潰す？」

「潰すぅ……？　なんでぇ？」

私の言ってる意味が分からないのか、首を傾げるタッ君とナタリーちゃん。

二人とも、規格外ってことが分かってないのかな？　ちょっとカマをかけてみる。

「今日行ったお寿司屋さんで注目されなかった？　それが答えだと思うんだけど」

「……………なんで注目されたって知ってるの？」

「いやいやいや……誰でも分かるから……」

固まる二人に、答え合わせをする。

「タッ君もナタリーちゃんも、マンガみたいな量のご飯を食べてるんだよ。二人が食べ放題なんて行ったら、お店を潰しちゃうよ」

「…………は？　う、嘘でしょ？　別にそんなに食べたつもりは……」

「食べてるから！　大食い選手権なんて目じゃないほど食べてるから！」

私の言葉に、あからさまに動揺していくタッ君とナタリーちゃん。

ぶつぶつと小声で囁《ささや》き合っていた。

「だ、だから寿司屋であんなに注目されたのか……おかしいと思ったんだよ……」

「冷静に考えてみたら、確かに食べすぎてたよねぇ……完全に油断してたわぁ……」

「食べ放題禁止、って言われた時に察するべきだったな……まだ戦争ボケが治ってねぇなぁ……」

「ってことは、ご飯おかわり無料のお店も通えないのかぁ……タルタルソース飲みたかったなぁ……」

切なそうに、二人がぐぬぬと呻く。

この反応を見る限り、本当に気付いていなかったっぽい。

ただのおっちょこちょいなのか、感覚が壊れてしまってるのか、判断が難しいなぁ……。

そんなことを思いながら、私は三人の時間をしばらく楽しんだ。

「ただいま花梨。まだ起きていたの？　寝ていても構わなかったのに」

「おかえりお母さん。ご飯の説明だけしたら寝るつもりだよ。さっき、お父さんも帰ってきたからね」

深夜、帰宅したお母さんに声をかける。

これが最後のルーティン。お母さんには早く寝るように言われるけど、両親が帰ってくるまでは必ず起きているようにしている。

なんだかんだ言って、タッ君さえ絡まなかったら私達親子は仲が良い。タッ君さえ絡まなかったら。

「今日は生姜《しょうが》焼きと、お味噌汁《みそしる》と、筑前煮《ちくぜんに》を作ったから温めてくれる？　他にもお新香を漬けてあるから、食べたかったら適当に切って食べて。あ、冷蔵庫に入ってるきんぴらゴボウは全部食べないでね。明日の朝食に出すんだから」

「相変わらず花梨はすごいわね……お母さん、もう花梨には家事で勝てないと思うわ」

「そう思うなら洗濯物を解禁して。はよ」

「ダメに決まってるでしょ。アンタの腐った性癖を治さなきゃならないんだから」

そう言いつつ、ジャケットを脱いで椅子に腰掛けるお母さん。

近くに置いてあった、ゴミ箱に視線を向けていた。

「…………花梨」

「ん？　何？」

「ゴミ箱に、ビニール袋が大量に詰め込まれてるんだけど……何か知ってる?」

「え?」

「しかも、男性用のパンツが包装されてたビニール袋っぽいんだけど……何か知ってる?」

「ぇ、え? な、何? な、なん、なんのこと? わ、わ、わ、わたし……ち、ち、ち、ちょっと分かんにゃい……」

どもる私に、眉間のシワが深くなっていくお母さん。

ゴミ箱から、ビニール袋を一つ取り出した。

「この柄……タカシの持っていた下着と同じ柄ね。あの子、新しいのを買ったのかしら?」

「……」

「こんな大量のパンツを、あの子が買うとは思えないのよね。昔から、タカシは物持ちのいい子だったから」

「……」

「もしかして、誰かが意図的に新品と差し替えたってことはないかしら? タカシに気付かれないように」

「そ、そろそろ寝ようかな……おやすみ……」

「今すぐアンタの部屋を見せなさい。いいわね？」

鬼のような形相で、私を睨みつけるお母さん。

私の天才的な作戦は、モンペには通用しなかったようだ。

そのあと、ぼろくそに怒られた。

書き下ろし番外編　彼らの就寝

帰還当日の、最初の夜。

就寝時、さぁ寝るかってタイミングで、パジャマ姿の姉さんがやってきた。

「すいやせん……じゃあアッシは先に休みますんで……」

まるで祝儀袋を受け取る関取のように、手刀を切りながらベッドに潜り込んでいく姉さん。

流れるような動きで、手際よく布団を被る。

すごく自然な動作。当たり前と言わんばかりの行動。

潜り込んだ先が俺のベッドだということ以外は、何一つ違和感のない行動だった。

「ごめんねタッ君……私、この布団じゃないと眠れなくて……」

申し訳なさそうに呟きつつ、掛け布団をスーハースーハーする姉さん。

徐々に、彼女の瞳がウトウトと塞がっていく。

ここ数年、全然眠れてなかったって言ってたからかな？　ツッコむ間もなく安心した姉さんは、一瞬にして寝息を立て始めてしまった。

スヤスヤと、俺のベッドを占領する姉さんを眺めていると、ナタリーが甘ったるい声を出した。

「だっこして」

床に敷かれた布団の上で、両手を広げるナタリー。

珍しく真顔で、真っ直ぐ俺を見つめている。

「お前、歯磨いたか？」

「磨いたよ。だっこして」

「目覚ましは？　ちゃんとかけたか？」

「かけたよ。だっこして」

「トイレは行ったか？　オバケが怖ぃとか言って夜中に起こすんじゃゃ――――」

「だっこしろよぉぉぉぉぉぉぉ‼」

ドゴォォオンッという轟音と共に、ナタリーが抱きついてくる。

そのまま俺を押し倒し、布団の上でスリスリと胸に顔を埋めた。

「だっこぉ……だっこしろよぉ……」

「なんだよお前……何盛り上がってんだよ……」

「だ、だってぇ……シェリーもいないしぃ、お姉ちゃんも眠っちゃったしぃ……チャンスじゃんかよぉ……」

胸板に埋めていた顔をあげて、可愛らしいことを言うナタリー。

いじいじと人差し指で、俺の腹筋をなぞる。

「二人っきりになったの久しぶりじゃんかぁ……たまには甘えたいんだよぉ……だっこしてよぉ……」

「お前、普段は恥ずかしがってそんなこと絶対に言わないのに……無理すんなって」

「いじわる言わないでよぉ……人前だと恥ずかしいだけじゃぁん……ばかぁ」

再び顔を埋めて、ぐりぐりと顔を擦りつける。

えらい乙女のような反応を見せてくれる。コイツがここまで自己主張するってことは、どうしても今日は甘えたいらしい。

しゃーねーなぁ……と呟きつつ、彼女の頭を撫でながら抱き締めた。

「はいはい。だっこだっこ」

「えへへ……うへへ……」

「これ、いつまでやってればいいんだ？　そろそろ俺も眠りたいんだけど」

「勝手に寝てていいよぉ～。アタシはこのまま抱きついてるからぁ～」

「抱きついてるからって…………まぁ好きにしろよ。電気消すから、いったん離れてくれる？」

「ん～？」

抱きついたまま、ニコニコと笑うナタリー。大きな猫目が三日月のように歪んでいく。

「なんだよその顔……電気消すから離れろって。動けねぇじゃんか」

「タカスィ言ったよね？　好きにしていいって。だからアタシは、一時たりとも離れる気はありませぇ～ん」

「……………じゃあ電気はどうするんだよ。このままつけっぱなしか？」

「アタシ、明るいと眠れないんだよねぇ。消してほしいなぁ～」

「だからぁ……」

言葉の通じないナタリーに、アイアンクローをぶちかます。

彼女は、嬉しそうに笑うだけだった。

「お姫様だっこして消せばいいじゃ～ん。そうすりゃ解決するだろぉ～？　お～？」

「はぁ？　なんで数メートル動くだけなのに、そんなことしなきゃ――――」

「タカスィ君は言いましたよね？　好きにしていいって。男なら一度言ったことくらい守れやぁ～。矜持《きょうじ》を見せろぉ～」

「……………」

「ん～？　どしたぁ変な顔してぇ～？　きょ・う・じ・を・見・せ・ろっ♡」

アヒル口で覗き込んでくるナタリー。

このやろう……完全に出来上がってんな。ワルガキみたいな顔になってやがる。

反論するのは簡単だけど、一度口に出してしまった手前、反故《ほご》にするのもカッコ悪い。

仕方なく彼女の腰に手を回し、ひょいっと抱き上げた。

「ひっひっひ……ひーっひっひっひ……」

お姫様だっこが相当嬉しかったのか、ナタリーが口に手をあてて喜んでいる。

年頃の女の子があげる笑い声じゃないだろ。なんだよ、ひーひっひって。魔女か。

そんなワガママな魔女を抱きかかえつつ、壁に備えつけてあるスイッチに手を伸ばす。

室内がフッと暗くなった。

「そんじゃ寝るわ。おやすみ」

適当な位置に彼女を降ろし、布団に入る。

同時に、ナタリーが俺の布団に潜り込んできた。そしてモゾモゾと暴れ出す。

「ちょ～……腕枕しろよぉ～……いい感じで眠れないだろぉ～……」

「腕枕？　これでいい？」

「あーしーっ！　足もちゃんと絡ませろってぇ！　ったく、分かってねぇなぁ……」

「はいはい……すみませんねぇ……」

ダメ出しを喰らいつつ、彼女の指示通り足を絡ませた。

むちむち感がすさまじい。密着度がヤバイ。

「あぁ～……めっちゃ安心するぅ～……これならぐっすり眠れそぉ～……」

「あのさ、お前の胸やら太ももやらが柔らかくて堪らんのだけど。何これ？　誘ってんの？」

「ん～……？　別にそんなつもりはないよぉ～……ただ甘えたいだけぇ～……」

「これさぁ、襲われても文句言えないヤツだろ。むしろこの状況で襲わなかったら、お前に対して失礼なんじゃないか？」

俺の胸板に顔を埋めていたナタリーが、モゾモゾと動き出す。

離れるかと思ったらポジショニングを直すだけで、再びギュッと抱きついてきた。

「タ、タカシがその気なら、アタシは身を委ねますよ……か、かかってこいやぁ！」

「あっつ。お前の頭あっつ。恥ずかしいならノッてくるなって」

「あ、熱くねぇし！　本気だし！　バッチこいだし！」

「なーにがバッチこいだよ。バカタレめ」

「あ、でも、愛のないエッチはイヤだからなぁ～。避妊なんて絶対にさせないからなぁ～。子供が出来たら責任取って、学校辞めて働いてもらうんだからなぁ～」

「俺は愛のある子作りしかしないので、就職するまで我慢します。じゃあおやすみ」

ナタリーを抱き締め返し、瞳を閉じる。

暗闇の中、「あ、あれ？　や、やんないの……？」という戸惑った声が、胸のあたりから響いた。

あとがき

この度は『戦地から帰ってきたタカシ君。普通に高校生活を送りたい』をお手にとって頂き、ありがとうございました。また、ご購入に踏み切って頂いた方は、さらにさらにありがとうございました。

私の作品に、お金を出して頂けるなんて……嬉しすぎて嬉しすぎるでございます……(語彙力)。

五臓六腑に染み渡る幸せとは、こういうことを言うのですね……向こう十年は、この幸せを噛みしめるだけで生きていけそうです……。

本当にありがとうございます。それしか言葉が出てきません。

さて感謝の言葉もそこそこに、『戦地から帰ってきたタカシ君。普通に高校生活を送りたい』について、少し内容の説明をさせて頂ければと思います。

あっ、ネタバレは一切しておりませんので、あとがきからご覧になられている方も、安心して読み進められるかと思います。

この『タカシ君』についてですが、書籍化の打診を受けた際に、身内へ小説の執筆を明かしました。

当然のように作品名を聞かれたので、『戦地から帰ってきたタカシ君』と伝えると、「なにその名前？　作品名から、内容が伝わらんのだけど」と言われてしまいました。

驚きです。

自分ではこれしかないっていう作品名をつけたのに、全然伝わっていないのです。

これではイカンと思いました。あとがきから読まれている方にも、伝わっていない可能性があります。

なので題名から伝わらないこの作品の特徴を、今ここで簡潔に説明致します。

この作品は、「バトル漫画で、ラスボスを倒した後の日常を描いたラブコメ」であります！

私は少年漫画や青年漫画を沢山読んできました。特にバトル漫画は大好物でございました。

そんなバトル漫画が大好きな私が、「後日談にフォーカスした話」を作り上げた作品でございます。

戦場から帰還した兵士達が、ちょっとしたトラブルに巻き込まれながらも、呑気な日常を送る物語。

そんなお話であります。

この作品を手に取って頂いた方に、少しでも楽しんでもらえれば幸いです。

最後に簡単ではございますが謝辞を述べさせて頂きます。まずは小説家になろうで応援を下さった方々、本当にありがとうございます。皆様の応援があったからこそ、今回の書籍化に繋がりました。また、制作に携わって頂きました、イラストレーター・千種みのり様、並びに担当者様や関係者様、本当にありがとうございます。ここまで素晴らしい作品に仕上がったのは、皆様のおかげでございます。

本当にありがとうございました。

簡単ではございますが、あとがきとさせて頂きます。それではまた。

二〇二四年五月吉日　安い芸

この本を読んでのご意見・ご感想・ファンレターをお待ちしております。

〒104-8357 東京都中央区京橋 3-5-7
(株)主婦と生活社 PASH! 文庫編集部
「安い芸先生」係

PASH!文庫

※本書は「小説家になろう」(https://syosetu.com)に掲載されていたものを、改稿のうえ書籍化したものです。
※この作品はフィクションであり、実在の人物・団体・法律・事件などとは一切関係ありません。

戦地から帰ってきたタカシ君。普通に高校生活を送りたい 1

2024年5月12日 1刷発行

著者 安い芸
イラスト 千種みのり
編集人 山口純平
発行人 殿塚郁夫
発行所 株式会社主婦と生活社
〒104-8357 東京都中央区京橋 3-5-7
[TEL] 03-3563-5315(編集) 03-3563-5121(販売)
03-3563-5125(生産)
[ホームページ]https://www.shufu.co.jp
製版所 株式会社二葉企画
印刷所 大日本印刷株式会社
製本所 小泉製本株式会社
デザイン ナルティス(尾関莉子)
フォーマットデザイン ナルティス(原口恵理)
編集 髙柳成美

 ISBN978-4-391-16247-9